作者／**提子墨**

原著繪者／Josef Lee

To : The Dreamers, The Wanderers, The Happyland Seekers

獻給——夢想者、漂泊者與尋找幸福的人們

目次

序幕　繽紛

女孩，低首撥弄著木吉他的琴弦，蜜糖色的長髮從她單薄的肩線流瀉而下，野薑花的髮香游過衣襟飄向雪白的荷葉邊，流盪於如垂柳輕搖的波西米亞裙擺上。她的右腳搭著高腳椅伴隨和弦輕輕地打著拍子，皮革涼鞋上的跳舞蘭綴飾也隨著旋律輕輕顫動著。

在一陣指尖流暢勾弦的輕快伴奏後，女孩那如日出之處傳來的乾淨嗓音，宛若綻滿繁花的繽紛蔓藤，溫柔地朝著台下蜿蜒游動著。那種彷彿冷空氣中的空靈獨白，讓每一位正在用餐或閒聊的觀眾全都停了下來，靜靜聆聽著她的歌聲。

「你離開之後，我的心凝結成千年的冰原，
浪花的指頭不再拍打我的海岸線；
微風的氣息無法吹乾淚眶的懸崖。

現在的我，是否應該去旅行？
尋找能令內心底層灌滿熱帶空氣的所在，
探索可將滿頭霜雪化為青絲飛舞的祕密，
你說過，幸福不是一個終點，而是一個旅程，
我相信，你就在那很遠很遠的交界等待著我。

序幕　繽紛

女孩，低首撥弄著木吉他的琴弦，蜜糖色的長髮從她單薄的肩線流瀉而下，野薑花的髮香游過衣襟飄向雪白的荷葉邊，流盪於如垂柳輕搖的波西米亞裙擺上。她的右腳搭著高腳椅伴隨和弦輕輕地打著拍子，皮革涼鞋上的跳舞蘭綴飾也隨著旋律輕輕顫動著。

在一陣指尖流暢勾弦的輕快伴奏後，女孩那如日出之處傳來的乾淨嗓音，宛若綻滿繁花的繽紛蔓藤，溫柔地朝著台下蜿蜒游動著。那種彷彿冷空氣中的空靈獨白，讓每一位正在用餐或閒聊的觀眾全都停了下來，靜靜聆聽著她的歌聲。

「你離開之後，我的心凝結成千年的冰原，
浪花的指頭不再拍打我的海岸線；
微風的氣息無法吹乾淚眶的懸崖。

現在的我，是否應該去旅行？
尋找能令內心底層灌滿熱帶空氣的所在，
探索可將滿頭霜雪化為青絲飛舞的祕密，
你說過，幸福不是一個終點，而是一個旅程，
我相信，你就在那很遠很遠的交界等待著我。

Let Me See，當我聽不見色彩發出的聲音時，
Help Me Rise，當你看不清我瞳孔中的閃動，
Take Me There，當我們的心已經開始疲憊了，
Wake Me Up……」

男孩，倚在吧檯最盡頭的角落，淺棕色的外套與格紋背心下隱約露出如制服般的藍襯衫，萊姆可樂的冰塊在玻璃杯中搖晃著，他的目光卻沒有離開過台上的她。宛若百花蔓藤的歌聲游移在餐桌之間，如女孩溫柔的指尖穿越他的髮絲，輕揉著他的太陽穴。他仔細聽著間奏輕快的勾弦聲，就像正在期待著什麼，直到那陣熟悉的旋律響起，他就像每一個夜晚那般，傻呼呼地望向遠處的她微笑著。

——要記得這幾個和弦呦！聽到C → Am → F → G循環三次，就代表我在說：我—愛—你！

他永遠記得，女孩紅著雙頰低頭認真撥弄著鋼弦時，嘴角揚起那道俏皮的弧線，他從來沒有見過如此完美的脣形，美得就像一雙粉紅色的翅膀。那四個指法反覆循環切換著，他也從此記下了那段和弦的行進，就像記下了他們之間的暗號。

每當他走進女孩駐唱的餐廳，默默等著演唱結束後護送她回家，台上的她總會揚起那道熟悉的弧線，在不同歌曲的間奏中不落痕跡地循環著那幾個和弦一次、兩次、三次。男孩總是帶著靦腆的微笑，緩緩搖著玻璃杯中的冰塊，清脆規律的碰撞聲宛如回應著女孩的愛意，傳達著那個只有他們倆知道的祕密。

就像每一個夜晚的溫馨接送情，他會載著她從市區沿著海灘公路回到他們的小鎮，仲夏夜的小島總是飄散著不同熱帶花卉的香氣，棕櫚樹的葉影在霧燈下映著不同層次的螢綠。

他的機車在筆直的路上奔馳著，身後的女孩雙手緊緊環抱著他的腰，目光卻停留在遙遠的黑色海面上，彷彿正細數著海平線上的漁火點點，想像著被那一道道向下投射的探照燈，所吸引而來的五顏六色魚群中，是否有藍色的蝴蝶魚？或是白色的天使魚？

直到夜涼如水的公路上出現了一輛色彩鮮豔的巴士，車尾的燈箱還亮著一個陌生的地名，她才順勢轉過頭將視線停留在車上溫暖黃光中的乘客。他們有些是年輕的父母帶著年幼的兒女；有些是臉上掛滿微笑的老夫婦；有些則是表情興奮的青少年；還有幾位趴在玻璃窗上對著他們扮鬼臉的孩童。

「你知道那個終點站是哪裡嗎？」她在男孩的耳際問著。

他望了那個地名一眼，思索了幾秒：「沒聽過耶？會不會是小島最南端的某個城鎮？」

女孩凝視著巴士上的乘客，臉上露出一種腦補般的微笑，彷彿在她眼中所見到的是截然不同的景象：「那個終點站也許是個有藍眼淚的星砂海岸吧？或者是個充滿幸福的渡假莊園？你看巴士上的每一個人都帶著快樂的笑容！好像迫不及待想要抵達終點……真希望也能去看看那個地方！」

男孩望了一眼巴士上的乘客們，還真如她所形容的那般：「妳可真能天馬行空呀！哪天有空時我就載妳到小島的南端看看吧！」

公路旁出現了一座散著繽紛色光的巴士站，那輛巴士也緩緩停了下來，隨之又有好幾位面帶微笑的年輕男女上了車，他們的臉上全都洋溢著一種幸福感。女孩揪了揪男孩的衣角，示意他將機車停在巴士站旁的停車位，就那麼飛快拉著他頭也不回地衝向那一輛巴士。

「妳瘋了嗎？」男孩跟在後面大聲喊著。

她一邊跑一邊笑著說：「你難道不想現在就去探一探，是否真有那麼個令人快樂的幸福之地？這世上許多散播歡笑與充滿正能量的人，或許都曾經到過那裡或是來自那裡！」

EXIT
23

「要是我們跟著坐到終點站後，根本就不是那麼一回事，到時候又該怎麼辦？」

「那就跳上另一個方向的巴士回到這裡呀！」她眨了眨雙睫，瞳孔中頓時閃過一抹光彩：「或者，就隨便挑一輛巴士前往另一個終點站，從另一個終點站尋找下一輛巴士的終點站！再從下一個終點站尋找下下一輛巴士的終點站……反正明天又不用上班了！」

女孩輕盈地跳上了車門，他站在門外仰望著階梯上的她，對那幾句活像繞口令的回答充滿了疑惑，臉上更是寫滿了問號與驚嘆號。

為什麼會有那麼不按牌理出牌的人？

晚風拂過女孩翻飛的長髮，搖曳的裙擺猶如緩緩盛開的夜曇，就像正指引著他走進一個奇幻的世界裡，也彷彿聽到女孩輕聲哼著自己填詞的那首歌——

你說過，幸福不是一個終點，而是一個旅程，

我相信，你就在那很遠很遠的交界等待著我……

第一章　喝采

白木蓮島，大隱市警察廳。

黃昏的夕陽從挑高三層樓的天窗撒下，餘暉在大廳的地面上拉出了一道長長的橘黃，也輝映在辦公樓內環狀的玻璃隔間上。大廳出入口的旋轉門三不五時就轉動著，有時轉進幾位穿著淺藍警用制服的員警，有時則是來去匆匆的西裝男與套裝女，也有許多拎著表格或資料袋四下張望的市井小民。

齊卜頓推開了會談室的玻璃門，畢恭畢敬目送著身後的兩位中年男女，他先後握了握那對夫婦的手，並且安撫地輕拍那位父親的肩頭。

「非常感謝兩位又提供了這麼多資訊，我們已經啟動所有管道搜尋令嫒的下落，目前還請兩位暫時先回府上休息，只要有任何消息警察廳肯定會在第一時間通知兩位。」他的聲音低沉，甚至帶著一種安定人心的沉穩。

兩位中年父母紅著雙眼向齊卜頓道謝後，如行屍走肉般緩緩穿出了長廊，朝著大門的方向移動。他目送著那對夫婦垂頭喪氣的背影，內心不禁浮起一股莫名的酸楚，這個世界上又多了一雙不知兒女是生是死的傷心父母。

他走回自己的辦公桌後，內心有點煩躁地將手中的卷宗夾往桌上一擺，夾頁內頓時滑出了一張彩色的大頭照，照片中是一位留著長髮的清秀女子，慧詰的眼神中帶著些許叛逆感。又是一起少女夜不歸營的失蹤案，十八歲的女孩在打工地點下班後，已經失聯三個晚上沒有與家人聯絡，幾位同事曾目睹她被一位常來的男性友人接走後，就再也沒有回到工作崗位。

沒有人知道那位男子到底是誰？也沒有人確定他們去了哪裡？

在警方展開全面搜查的第二日，就接到海灘公路的巡邏員警通報，疑似尋獲到目擊者們所形容的接送機車，而且還很隨興地就停在某個公車站旁。警方循線查出該名男子的身分，對方只是一名剛滿十九歲的男孩，亦從家長口中得知他同樣多日未返家，家人原本還認為只是青少年貪玩外宿朋友家，因此當下並沒有即刻報警處理。

「海灘公路？停放在公車站旁的機車？」他仔細閱讀卷宗夾內的資料，腦中似乎閃過一種似曾相識之感。

齊卜頓在大隱市警察廳任職四十多年了，人們都尊稱他是「齊卜頓探長」，也有熟識的老同事暱稱他是「7-11先生」，因為數十年如一日，他總是部門裡最早到辦公室，卻也是最晚離開的老探員。

對他來說工作是一種全年無休的興趣，他熱愛那一份工作，更享受那種為報案者尋回心愛的親人或寵物後，人們臉上所綻放出的燦爛笑容，甚至是為受害者解開詭計謎案後，對方喜極而泣的感動。在那些人的眼中，齊卜頓是為他們重新尋回快樂與幸福的守護者。

當然，他並不認為家人會有相同的體認，甚至對結縭多年的妻子荷琳妲有著深深的歉意，因為打從兒子出世的第一天他就缺席了。他當時還是個需要值夜巡邏的小警員，也因此錯過了在產房內握著琳妲的手，守候在她身畔安撫與打氣的機會，當他聞訊趕赴醫院時孩子早已呱呱落地。

他將兒子取名為「齊利」就是為了時刻提醒自己，從此必須以家庭為重與妻小們其利斷金，共同創造一個三人世界的新生活。然而，他對那份工作的熱情及執著，沒多久就故態復萌讓他繼續錯過了——結婚紀念日、妻子的生日、兒子牙牙學語時的第一步、他的頒獎典禮或是畢業典禮……許多人生中重要的點點滴滴。

辦公室的玻璃隔間外，不同部門的同事們不知何故都聚集在這個樓層，直到幾位主管出現後，眾人才歡天喜地魚貫走進齊卜頓所在的共同辦公區。當齊卜頓抬起頭表情木然地看著眼前的陣仗時，還完全是一副狀況外的納悶神情，直到瞥見一位女警同事手中捧的那只蛋糕，以及上面如櫻桃般鮮紅的字體。

「齊卜頓探長　警界四十五載榮休之喜！」

他才如大夢初醒般從堆滿卷宗夾的書桌前起身，思緒也從剛才的失蹤案之中被狠狠拉了出來。今天，其實是他在這棟辦公大樓工作的最後一天！也是他在警界二十三萬多小時的最後幾個小時！更是他探長生涯最後的一個星期五！

這個周末結束後，他再也不需要一大早就爬起床，開著心愛的加勒比海藍Mini Cooper，早早進到辦公室過目一疊疊的卷宗，理出當天所需造訪的調查行程，更不需要在夜深人靜的辦公室推理思索，甚至是午夜夢迴時被失蹤的貓狗或蒙面的搶匪驚醒！

齊卜頓的心中浮起一股期待已久的釋然，卻在同時心臟的一角也迅速坍塌了下來，有一種無所適從的恐懼感霎時襲上心頭。

「我們在此要感謝齊卜頓探長，這四十五年來對大隱市警察廳的付出，他的熱情熱心讓大隱市成為一座安居樂業的完美城市，更帶領著後進共同打造出這個安室利處之都！雖然，他在去年經歷了那場出生入死的銀行槍擊案，所幸負傷休息了幾個月後，總算又再生龍活虎地回來帶領大家，他的付出我們有目共睹……」

留著驕傲翹鬍子的柯泰隆市長一邊說著話，一邊將手杖遞給了一旁的副手，然後必恭必敬地將一座飛鴿翱翔的水晶獎座頒給了齊卜頓，底座上還端正地刻著「榮休紀念」四個大字。那些穿著制服或便衣的同事與長官們，全都圈圍在一旁大聲地喝采道喜，還有好幾位年輕的下屬離情依依，閃著淚光擁抱著這位慈祥的長者。

原本就木訥寡言的齊卜頓什麼話也說不出來，只是輕聲地向每一位致賀的人握手道謝，腦中千絲萬縷的思維卻紛飛著，彷彿像一艘斷了錨的輕舟小艇，突然不知道該往哪個方向航行？慌亂中，他的腦海閃過那兩名失蹤的男孩與女孩，即刻轉身向其中一位下屬耳提面命，因為過了今天，那一切將不再屬於他能夠輕易過問的權職範圍了。

然後，妻子與兒子的身影也在思維中被越拉越近。

那麼多年以來，齊卜頓對琳妲能容忍他那股全年無休的職業熱忱，與那種夫妻聚少離多的婚姻生活，內心充滿了無盡的感激與愧疚！他曾在心中許下一個重大的決定，一定要在退休之後好好地補償她，或許就去一趟加勒比海的豪華遊輪之行、阿拉斯加的極光追逐行腳，或者是她神往已久的歐洲鐵道之旅！

他在心中弱弱地問自己，這一切會不會太遲？

◇　◇　◇

清晨的陽光撒在後花園的池塘，水面上搖曳著金黃色的波光粼粼，花圃中的鬱金香一過了花季早已垂頭喪氣著，角落的薔薇與杜鵑則綻滿了翠綠色的花苞，彷彿正等待著最溫暖的時刻，甦展層層疊疊的粉嫩花瓣。

今年的白木蓮開得特別早、特別茂盛，一朵朵比手掌還大的潔白花苞，在光線下更顯晶瑩剔透，宛如樹梢上未消融的斑斑白雪。齊卜頓悠閒地坐在庭院的戶外餐桌旁，凝視著雪白的木蓮花從花園兩側一路鋪向屋外的人行道，他從未如此仔細觀察過自己後花園的一景一物，直到退休後的第一個星期，才知道妻子日常烘焙的蘋果派，原來都是自家蘋果樹上的果實。

退休後的頭幾天一切仍在適應中，每天早上他仍會在五點左右自然醒，卻只能在漆黑中睜著雙眼仰望天花板，深怕太早起床會吵醒一旁的琳妲，寧願就那樣撐三個小時，等到她醒來時才與她同時起身。他享受在晨光中與睡眼惺忪的她眼神交會的剎那，彷彿回到年輕時目光中只有她的光景，一切美好的感覺再度回來了。

「我煎了你最喜歡的藍莓鬆餅，快快快……趁熱淋上楓糖或蜂蜜吧！」

琳妲端著一只方形的銀托盤從屋內走了出來，盤中有著兩落煎得金黃的鬆餅，還擺滿了咖啡、茶壺與餐具，她順勢將當日的報紙遞給了齊卜頓。與此同時，齊卜頓握住了她冰冷的手，迅速將一只厚厚的信封袋塞入她的手中。

「這是什麼呀？」琳妲滿臉疑惑。

齊卜頓搔了搔頭：「妳打開看就知道了！」

「搞什麼？神祕兮兮的……」她笑著，緩緩撕開了信封。

當琳姐從信封中抽出一只印著旅行社標誌的票夾時，雙手早已開始微微顫抖著，直到發現裡面的那些套票，以及行程表上一站站的歐洲景點時，兩行熱淚不由自主地流了下來。

「為什麼要浪費錢？」她嘴裡雖然那麼說，卻轉身擁著齊卜頓埋首在他的肩頭。

「感謝妳，在過去三十多年來，帶給我一個沒有後顧之憂的家，體諒我那份需要早出晚歸的職業，以及我那種凡事都廢寢忘食、追根究底的固執性格，甚至容忍我不順遂時不經意流露的焦躁與憤怒。妳，總是默默的承受、犧牲與自我療癒……」

他單腿高跪在琳姐跟前，仰著頭注視著她：「對不起，這麼多年來我讓妳吃了那麼多苦，讓妳以為自己比不上我的工作重要，讓妳從過往眾人矚目的女孩，一下子變成獨守空閨的怨婦……我現在才懇求妳的原諒……會不會太遲？」

琳姐的雙手輕摀著雙脣，望著他不斷地搖著頭，什麼話也沒有再說，淚水卻沿著金邊眼鏡框緩緩滑落在她的臉頰。

晨風輕拂著花園中逐漸甦醒的花團錦簇，香檳色的陽光細碎地撒在身後，將他們的身影鑲上一道淺淺的金邊，幻化為一抹幸福的剪影。

只不過，那個美好的旅程最後卻沒有實現。

第二章　翻飛

人生宛若稍縱即逝的極光，當我們傻傻地望著另一方的星空時，如天使裙襬飛舞的光芒或許早已在身後的另一片天悄然輕舞，直到我們轉身驚覺蹉跎之餘，其實已錯過生命中最珍貴的時刻了。

就在齊卜頓打算陪著妻子尋回自己曾經失落的快樂時，琳妲卻因久咳不癒而被送進了醫院檢查，沒多久醫師就診斷出她已罹患末期的「聲門上癌」，也就是所謂的喉癌！經過多次的胸腔X光檢查和喉頸斷層掃描後，醫師宣布必須即刻進行手術，不然癌細胞可能還會擴散到胸腔。

那個手術必須將琳妲的全喉、頸部淋巴和下咽全部切除掉。

當醫師緊急通知齊卜頓與兒子齊利準備入院手續時，琳妲卻苦苦哀求寧願等死也不要被割掉喉嚨：「你認為如此保住了我的性命後，我日後真的會過得快樂嗎？」

齊卜頓低頭握著她的雙手，聲音沙啞地回答：「只要能夠換回健健康康的妳，就算是再微小的機會我們都該去試試呀！我不要你放棄活下去的念頭！更不要妳就這樣離開我！」

「健健康康的我？是用那個殘破的我換回更多的時日，讓你能夠彌補過往對我的愧疚吧？」琳妲的目光避開了他，視線越過了他的肩頭望著窗外遠處的地平線。

「不，不是那樣的……」他睜著雙眼使勁搖頭，卻什麼話也答不上。

「你還是那麼自私，總是先想到自己，從不在乎近在咫尺的我需要什麼？」

她的那些話在齊卜頓的腦中盤旋著，掙扎了好幾天之後，也顧不得兒子的極力反對，仍然以妻子的健康為考量，強迫琳妲接受了那個切除癌細胞的手術。

對病榻上的她來說那是一種背叛！讓她走進了那個不再是自己的重生，只是為了成全某個人的罪惡感而存在著。

手術之後，琳妲不願意再正眼瞧他一眼，甚至也拒絕使用人工發聲器練習說話，她厭惡自己的聲音變成了那種沒有感情的機械式回應！她痛恨自己最為人稱讚的溫柔聲線被活生生奪去！她以沉默與無視抗議那種被剝奪後的存在，無論齊卜頓如何百般討好，換來的總是她冷漠相待。

琳妲的姊妹淘每個周末都會帶著她喜歡的水果與書籍來探望，也只有在那個時候才會看到她難得一見的熟悉笑容，但是總在齊卜頓想靠近她們坐下時，她又馬上收回笑容面無表情。她曾經好幾次和姊妹淘在筆談的紙頭上，潦草地寫滿了「好死不如賴活」之類的字眼，惹得幾位好友抱著她痛哭。

「妳快別那麼說……停下來……不要再寫了……」那位叫雲姐的女子緊抓著她正瘋狂重複寫著那句話的筆，臉上爬滿了淚痕：「妳這樣我們看得也心痛呀！求求妳不要再折磨自己了……好嗎？」

琳姐的面容宛若一齣靜音的默劇，表情痛苦不斷以唇形無聲地說著：「他，為什麼要讓我活得那麼痛苦！活得那麼委屈求全！」那是一種無法狂吼出來的怨。

「妳要撐下去呀！妳不是常說很期待兒子的婚禮嗎？這樣的話就應該堅強地活下去！快樂地活到他結婚生子，快樂地抱著妳未來的小孫子呀。」

「可是……我是一個……無法唱搖籃曲……無法說床邊故事給孫子聽的祖母了！」她吃力地用紅筆在十行紙上寫著，頃刻間崩潰地哭了出來，沙啞不成聲的氣音撕心裂肺地低吟著。

齊利有時候就悄悄躲在房內，聆聽著客廳裡姊妹淘們向母親天南地北說著話，他卻早已淚流滿面想起童年時的許多畫面。

小時候，他總喜歡趴在琳姐的背上，聽著她喃喃哼著那首旋律熟悉的歌曲，小小的耳朵就那麼緊緊貼在她的肩上，聽著歌聲在她的胸膛裡共鳴著，彷彿就像山谷中的回音不斷迴盪。母親就算正使勁揉著流理台上的點心麵糰，規律的動作總還是配合著歌曲節拍上下起伏，年幼的他往往就在那種安詳的律動中沉沉睡去。

齊利上大學後，還曾在好幾家唱片行哼過記憶中的歌詞與旋律，可是沒有一位售貨員聽過有那麼一首歌，就算他問過琳姐許多次，她也總是笑而不答或是說忘了。他唯一能解釋的是，那或許只是母親當年隨口編出來哄他的催眠曲。

琳姐的健康狀況在半年多後又出現了轉折，癌細胞再度死灰復燃，並且迅速蔓延到胸腔內，肺部積水的情況更是日趨嚴重。這一次主治醫師終於向家屬暗示，也許應該開始為她準備後事了，因為琳姐的狀況隨時都有可能撐不過去撒手人寰。

齊卜頓和兒子天天守在病床邊，看著琳姐飽受病痛的折磨，心也徹徹底底碎成了千萬片。

她要走的那一天，精神反而出奇地好，齊利還興奮地以為病情有了轉機，他向母親問了幾句話，琳姐還能用食指在他的掌心上寫出Y或N回話。直到她的雙眼緩緩泛起睡意時，依然強撐著在兒子手上寫下了最後一行字。當時，他並沒有意識到那句話是什麼意思。

當天夜裡，琳姐就悄悄離他們而去。

齊利瘋了似地喚著她，彷彿想將那一場噩夢也搖醒，可是任由他們如何呼喊，她卻仍然動也不動地靜靜躺在那裡，就像一座靜默的山林永遠沉睡而去。他無助地將頭埋在母親的肩上、胸口上，卻再也聽不到那首在山谷中迴盪的歌聲，她的體內只剩下一片死寂……靜靜流進他的耳裡。

從那一天起，她不斷出現在兒子的夢裡。每次總是背對著他站在廚房中揉著麵糰，嘴邊彷彿還哼著歌，可是他卻怎麼也聽不見。每當齊利走近琳妲身後想要聽清楚時，她總是幽幽地回過頭，睜著空洞的雙眼與嘴脣傻傻地望著他。就那樣反反覆覆在他的夢裡無休止地揉著麵糰，哼著那首怎麼也聽不見的靜默之歌。

葬禮之後，齊卜頓與兒子開始整理琳妲留下的遺物，有些衣物他們打算捐給慈善機構，有些物品齊利則堅持要留下來做紀念。當他們理完那一箱放著舊衣裳的皮革行李時，卻在底層找到一張封套泛黃的黑膠唱片。

封套上的女孩留著一頭大波浪的長髮，雙手優雅地抱著一把精緻的木吉他，鵝蛋般的細緻臉孔上還泛著梨渦的淺笑。齊利覺得那個女孩非常眼熟，尤其是那一抹如春風拂面的微笑，令他有一種似曾相識的錯覺，可是唱片上卻印著一個完全陌生的女性藝名。

只有齊卜頓的雙眼霎時睜得老大，心中更是百感交集——原來，她還偷偷藏著那張曾經令她心碎的唱片。

在父親的娓娓道來後，齊利才得知自己母親那段不為人知的過去。荷琳妲大學時代就曾在校園附近的餐廳駐唱過，一頭靈秀的長髮、一把二手的木吉他，和她那如新鶯出谷、乳燕歸巢的空靈歌聲，曾經讓她贏得不少的讚賞與掌聲。

當時的齊卜頓只不過是一名剛從警校畢業的小警員，總是在輪值巡邏後就匆匆在警用制服上披了件外套，沿著海灘公路從市區飛車到琳妲駐唱的餐廳，在吧檯最不起眼的那個位置坐下來，等待著她唱完晚餐時段的場次接送她回家。

二十歲那年，琳妲參加了白木蓮島的歌手選秀節目，意外地過關斬將進入最後的總決賽，還與唱片公司簽下了長約，開啟了那條通往夢想的陽光大道。但是，就在琳妲的首張唱片即將發片的前幾個星期，媒體卻爆出她與警員男友陷入熱戀的消息，而且還懷了四個多月的身孕。

當然，那個孩子就是現在的齊利。

唱片公司為了維護自家聲譽，決定銷毀所有唱片也全面停止原本的發片宣傳，並且以毀約將她告上了法庭。齊卜頓與琳妲花了很長一段時間，才將毀約的賠償金償還完。自此之後，琳妲絕口不向任何人提起那一段令她夢碎的過往，默默地走進家庭成為人妻與人母。

在齊卜頓的眼中，曾經只有遠方台上那個完美的她；而琳妲的指尖，也曾深情彈著那段屬於他們的傳情和弦；他曾經多麼瘋狂地愛著她；她也曾對幸福充滿了憧憬。曾幾何時，當愛情變成了一種習慣，幸福也成為理所當然的承受，童話就那麼在他們之間逐漸褪了色。

就像當年的那個夏夜，他們跳上了那輛散著繽紛色光的巴士，擠在那群充滿歡笑的乘客之間，就為了尋找那些人正要前往的幸福之地，最後才發現不同的人卻在不同的站牌下了車，而那班巴士的終點也只是一個平凡的小漁港。

齊卜頓忘不了港口的晚風吹亂了琳姐的長髮，她站在盪著月色波光的水岸邊，臉上再度揚起了那一道美麗的弧線，還天真地說著：「沒關係，我們再換搭另一台巴士去看看另一個終點站吧……」

他並沒有等琳姐說完，便逕自轉身走向來時路，回到剛才那班巴士的回程站牌，還隨口低聲地喃著：「已經很晚了，我們還是回去吧！」他聽到身後的她失望地嘆了一口長氣，馬上嚥下了差一點脫口而出的那一句話——

這個世界上根本就沒有什麼叫幸福的站點。

齊利在琳姐的床底下找到了一台蒙塵已久的舊電唱機，他仔細地擦拭機殼上厚厚的一層灰，將它搬到了客廳插上了電源，然後慎重地將那張黑膠唱片放上了轉盤，看著唱針緩緩劃過一圈一圈的軌跡。

終於，父子倆又聽到那首熟悉的旋律，那首沒有多少人聽過的歌曲，也就是小時候琳姐時常哼給兒子聽的歌。原來，母親在他手掌上寫下的最後一行字，就是默默地回答著他過往問過許多次，這首歌的歌名——「幸福到站，叫醒我」。

你說過，幸福不是一個終點，而是一個旅程，

我相信，你就在那很遠很遠的交界等待著我……

兒子一字一句跟著電唱機裡琳妲的歌聲唱著，眼淚卻像滾燙的岩漿從眼眶滑落在他結凍般的臉龐。童年時的一切彷彿又回到眼前，小小的他趴在母親的背上，聽著她斷斷續續吟唱著相同的歌詞。母親的髮絲帶著點野薑花的淡香，廚房烤箱中的麵糰散著奶油的香氣，耳邊的胸腔山谷也傳來低沉的共鳴。

所有美好的兒時記憶原來是母親為了守護他，犧牲了自己的夢想而來。

他緊緊抱著那張從來沒有機會面市的老唱片封套，眼中甚至充滿著無盡的憤怒凝視著眼前的齊卜頓：「為什麼在她生命的最盡頭，你還要狠心任人割去她的喉嚨，奪走了那副她曾經最引以為傲的嗓子？」

齊卜頓杵在電唱機前，望著旋轉的黑膠唱片老淚縱橫。

「為了你，她被迫放棄曾經追逐的夢想，而僅剩的一樣紀念品，你竟然就那樣無情地將它割捨掉！」齊利痛徹心扉嘶吼著。

他終於明白母親生前種種無聲的抗議，其實是因為生命中一再的成全，最後卻沒有人能成全她保留住那份最珍貴的紀念品。他氣自己當初沒有堅持到底站在她那邊，才讓她在最後的日子裡覺得自己是殘缺不全、苟延殘喘地活著！

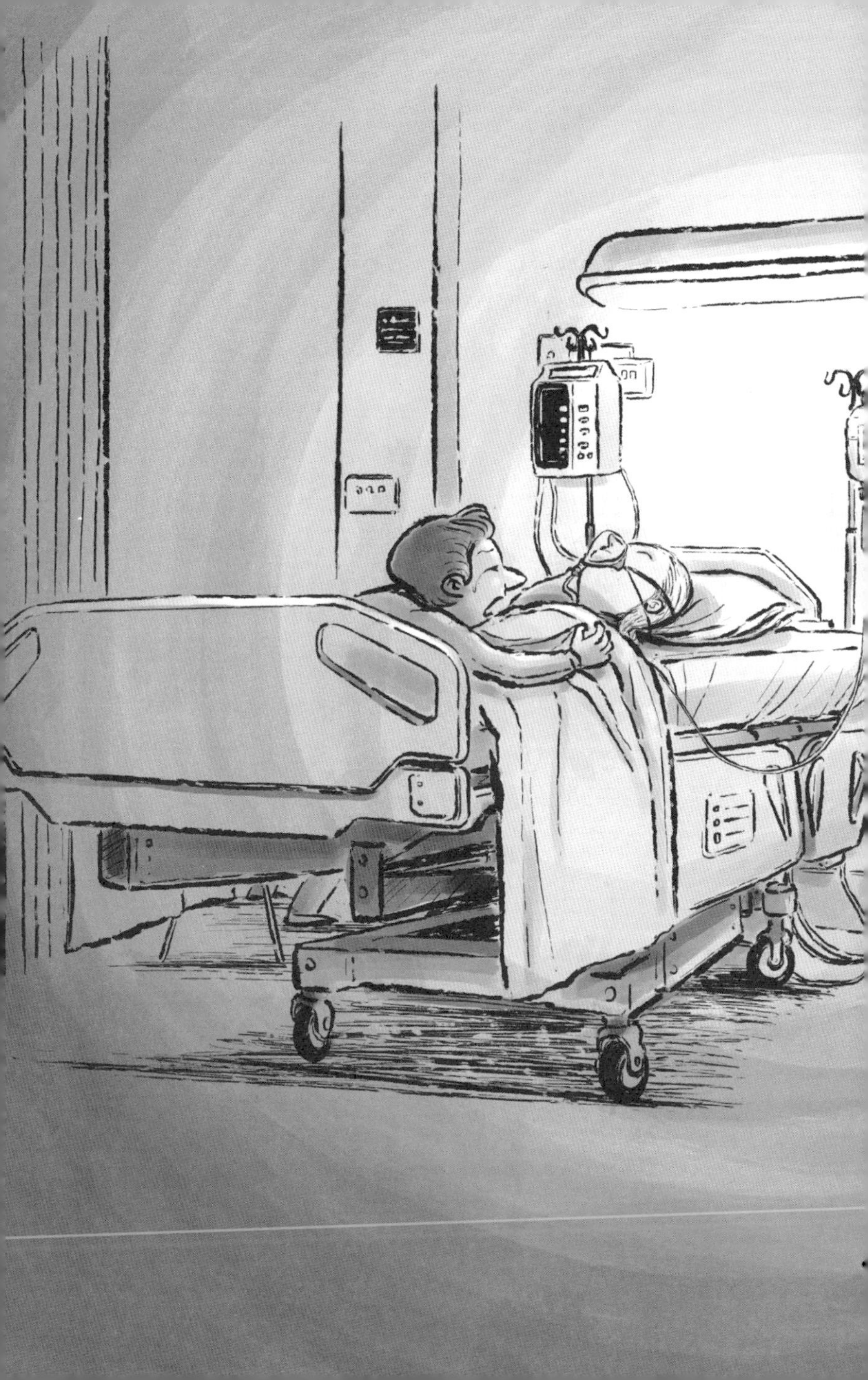

他甚至認為要是當年沒有他的意外出世，母親或許早已是家喻戶曉的知名歌手了，根本不需要默默地將自己埋葬在這個沒有夢想的人生中。當他想起那幾張用紅筆寫滿「好死不如賴活」的十行紙，他的心碎了……全都碎了！千千萬萬的碎片在他的血液中竄流著，彷彿正在劃破他體內的每一道血管、每一寸皮肉！

他狠狠拔下了插頭，捧著那台舊電唱機與老唱片衝回自己的房間，只留下父親一個人站在黑暗的斗室中。

記憶如洪流般排山倒海打在齊卜頓的臉上，他只能無助地杵在漩渦之中，任憑腦海中的潮水將自己淹沒到底層。他，這輩子無時無刻都在告訴自己要當個好人，卻在琳姐臨終的那半年做了一個最殘忍的決定，讓自己成為妻子與兒子眼中十惡不赦的罪人。

齊利的房間再度流洩著琳姐熟悉的歌聲，齊卜頓彷彿從音樂中隱約聽見了她的話語，冷冷的聲線若有似無地交纏在老唱片的雜音中——

你還是那麼自私，總是先想到自己，

從不在乎近在咫尺的我需要什麼？

第三章　迷離

晚風溫柔的吹拂過窗邊，撩動著紗簾如輕舞般的曼妙，那盞未眠的燈仍散著暈黃光線陪伴著齊卜頓。他翻著案台上那本厚重陳舊的相簿，仔仔細細看著每一張泛著黃斑的黑白相片，無法相信那些在腦海中依然鮮明如昨的記憶，在相片裡居然是如此的模糊與殘舊，就像在狠狠的提醒著他那已是三十多年前的過眼雲煙了。

看著相片上那個神采飛揚的速克達青年；看著那雙翻著相簿已逐漸布上老人斑的手，他感嘆的告訴自己時間的漩渦早已將那名青年永遠捲啡而去，只殘留那副靈魂還活在這具雞皮鶴髮的軀體內。

他不敢再去回想，緩緩將相簿闔了起放回身後的書櫃上，一只泛黃的航空信封卻從相簿裡落了下來，他著實記不起裡面放的是什麼，便小心翼翼將它拆了開後瞇著眼往信封內端詳。他看見了一小撮黑髮和幾張皺摺的紙頭，頓時想起那是什麼東西，迅速將信封中的物品倒了出來。

終於，他又見到了那撮初戀的結髮端端正正粘在一疊紙頭上，淺藍色的娟秀字跡端正地寫著：「若教眼底無離恨，不信人間有白頭……」

齊卜頓激動地流下眼淚，淚水劃過了那張充滿皺紋的老臉，然後不經意滴在同樣滿是皺摺的紙頭上。那麼多年以來，他一直以為早已失去的東西，原來還默默地躺在相簿的夾層裡，就像那些已經封塵的記憶片段，原來還深深藏在心靈的底層。

他怎麼可能拋得下那一段段心折的過往？怎麼可能忘得了那個曾經深愛的女孩？

齊卜頓依稀記得琳妲決定放棄夢想，答應生下孩子與他步入家庭的那一晚，她表情木然地坐在梳妝台前，望著報紙上那則關於新科選秀歌手發片前暗結珠胎的報導，雖然只在影劇版上占了非常小的篇幅，字字句句卻是她一切破滅的開始。

她低下頭凝視著手中緊握的那把木梳，看著殘留在梳子上的那些黑髮青絲，良久才緩緩一根一根抽了出來，並且小心翼翼地將它們紮成了一撮小小的髮束，然後回過身仔細地端詳著一旁滿臉垂頭喪氣的他，就像想從他身上尋到任何足以託付終身的痕跡。

隨之，才起身硬生生從他的頭上拔下了幾根頭髮，也顧不得他唉了好幾聲，就仔細地用他的髮絲一圈圈地纏繞著自己的髮束，最後打上了好幾個死結。

琳妲將那只結髮放在齊卜頓的掌心上，聲音乾澀地說：「用你的髮纏住我的髮，從今天起我的心將交由你守護，每一圈都是你對我的承諾，每一個結也代表著我對你的痴心。當你每次看到它時，就會想起我們曾經如此相愛過……」

她低頭看著手中那束結髮沉思了好久，雙睫在她紅腫的眼眸上不斷地顫動，然後抬起頭凝視著齊卜頓：「無論這段日子將會多麼難熬，為了你我會勇敢地走下去。就算世事多變有一天我們無法在一起了，我也會記得你曾經帶給我的快樂，將你對我的愛一直放在……這裡。」她捂住了自己的心口看著他，淚水刷地又從朦朧的雙眼湧了出來。

那一夜，他們跪在撒滿月光的木地板上擁抱著，聽著寧靜的晚風傳來鄰居電唱機裡播放著披頭四的歌聲，看著窗外的白木蓮樹飛滿泛著綠光的螢火蟲，思緒彷彿也隨著歌聲與螢火蟲飛向了無垠的夜空。

時間迫不及待地流動著，將他一步步推向不可預知的未來，最後也逐漸遺忘了初衷。

維繫人與人之間的那條線，有時堅韌得像一道扯不斷的鋼索，有時卻又脆弱得如蛛絲般吹彈即破。那一晚後齊利搬離了家中，甚至也沒再探望過父親，齊卜頓彷彿一夜間失去了兩位最重要的親人，從此孓然一身。

偌大的花園洋房只剩下他孤獨一人，屋內仍維持著琳妲生前巧思打理的一景一物，齊卜頓宛如保持著自己的犯罪現場，始終不願去做任何改變。他終日環視著妻子所留下來的一切，就像是對自己的一種懲罰，讓他永遠走不出那座自責的籠牢。但是，他也深怕待在屋中久了，琳妲那種帶著淡淡花梨木的香氣也會日漸消散。

他希望能永遠封存住那種屬於她的氣味……

今年春季，這一座充滿白木蓮樹的島嶼，花季開得比過往更瘋狂與茂盛，甚至將整座城市披上了一層如厚雪般奇異的白，這是他居住在大隱市一甲子從未見過的異象。除此之外，齊卜頓更發現整個城市有許多不同於過去的詭異之處。

例如，原本聳立在城南的那座鐵塔，不知何故突然搬到了城北的山頭上；過往純樸善良的鄰居們彷彿也出現了些變化，常會為了小事如著魔般互相酸言酸語、惡言相向；曾幾何時《大隱日報》上那些溫馨感人的勵志新聞，如今也順應最IN的酸民潮流轉型為羶腥八卦；白木蓮島上的旅行社一間間倒閉歇業，不再有市民好奇外面的世界，彷彿也沒有人在乎這顆星球是否仍在轉動。

當齊卜頓仔細觀察日常生活中的種種細節，才發現有越來越多與他印象中截然不同的景象，那一座外觀與過往無異的城市，竟然充滿著許許多多錯置的人事物。就像他每天對著鏡子端倪左額頭上，那個淺得幾乎快看不見的疤痕，卻怎麼也想不起來是什麼時候受過傷？

他突然想起柯泰隆市長說過，他在去年經歷了一場出生入死的銀行槍擊案，並且負傷休息了幾個月……可是，他卻怎麼也記不起銀行搶案或被槍擊時的任何畫面，那些記憶彷彿根本不存在他的腦海中！

難道他在被搶匪槍擊後就已經身亡了？就像那種毫不知情自己早已死亡的地縛靈，只剩下一縷幽魂日以繼夜地游移著？

不，不可能！他親手從市長的手中接下那一只很沉的水晶飛鴿時，獎座並沒有穿過他的手掌摔在地上。每一位後輩與同儕和他握手擁抱時，並沒有人撲了個空發現他是什麼虛影或幻象。兒子齊利甚至還曾經指著他的鼻子破口大罵，他絕對不可能是什麼不存在的靈體！

齊卜頓開始懷疑問題或許並不是自己，而是周遭的一切……搞不好都不是真實的！

或許，他從來就沒有在槍擊負傷後康復過，他才是那個臥病在床的病患，此時此刻可能還在加護病房中昏迷不醒，眼前的一切影像只是他的精神意識……神遊於腦細胞組織所虛擬出的那一座「假的大隱市」，才會出現許多與現實世界有所出入的景物！

他想起有些曾經沉睡多年的植物人，在清醒後描述自己昏迷的那段時日，其實精神意識一直在另一個境界中走不出來。有些幸運的人尋到線索與指引後回到現實的世界，卻有更多怎麼也走不出迷途的人，精神意識就那麼漂流在大腦所建構的世界中，成為無法以肉體與外界溝通的沉睡者，永遠活在那一個自以為是真實的迷離境界中。

齊卜頓不斷地問自己：「假如，這也是一個幻境，那麼我什麼時候才會醒來？到底誰才能夠叫醒我？琳妲最後所留下的那首歌名，難道是從現實世界傳來的訊息？會是走出昏迷、逃出迷離境界的線索與指引嗎？或許在這個境界中真有那麼一個叫幸福的站點？抵達時就會有人將我從幻境中拉出去？」

他若是因為槍傷正在現實世界中沉睡著，那麼這些日子以來所發生的一切，只是迷離境界所虛構的情節？他寧願相信妻子根本沒有過世！兒子也不曾離開過他！而是在現實世界的病床邊守候著他，在遙遠的另一端等待著他從昏迷中甦醒過來！

反正自己早已失去了一切，他選擇相信那個叫幸福的站點，有著能通往現實世界的通道！

當天，齊卜頓就迅速整理了簡單的行李，也沒忘記將妻子的照片藏在那頂小禮帽的夾層中，他確信琳妲肯定能指引他幸福站點的方向，帶他走出這一方令人絕望的迷離境界！

WAKE ME UP AT HAPPYLAND

他走進大隱市車站，毫不猶豫地跳上了一列火車，漫無目標地任由列車將他帶往不知名的地方。當列車在終點站停靠時，他想起了琳妲曾經說過的話，又跳上另一列入站的列車，駛向另一個不知名的終點，就那麼反反覆覆跳進了不同的交通工具，造訪過不同的終點站。

齊卜頓詢問過許多擦身而過的旅客，沒有人聽聞過有那麼一個叫幸福的地點，他相信肯定有人知道在哪裡，只是他還沒有機會遇上而已！為了怕自己會錯過那個解開迷離境界謎團的幸福站點，他索性在一張紙板上寫著「幸福到站，叫醒我（Wake Me Up at Happyland）」。

然後，傻呼呼地將它掛在身上，就那樣抱著皮箱與紙板，穿越迷離境界中大大小小的陌生城市與國家。

大多數的時間他總是昏沉沉地打著盹；有時凝望著窗外美得令人窒息的景色；有時則瞇著雙眼聆聽周遭乘客們的對話；有時也與形形色色的當地人閒話家常。他猜想那些人事物可能全都是神祕的「腦細胞組織」所虛擬出來的幻影，但是仍會忍不住關心那些人掏心掏肺的傾訴，甚至在旅途中為他人解決過一些難題。

第四章　啟程

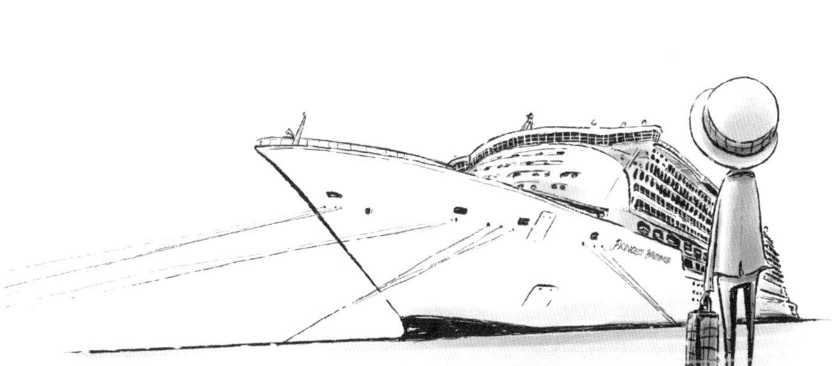

齊卜頓在不同的列車之間移動，從老式的火車到高速的磁懸浮，在擁擠的地下鐵轉搭高架的電車，然後又跳上了巴士、纜車或古色古香的叮叮車。他的行腳遍及白木蓮島的北端又回到南端，穿越了西岸再度折回東岸，卻始終沒有見到他所要尋找的站點，或是遇上那位能夠指引方向的乘客。

他又回到年少時曾經與琳妲造訪過的南方漁港，也就是島嶼最南端的巴士終點站，經歷幾十年來的物換星移，當年冷清清的小漁港早已轉型為一座熱鬧的觀光海港，不變的是那一陣陣帶著鹹味的海風，只是當年女孩翻飛的長髮卻早已不復在。

金黃色的餘暉將海水染成了香檳色，海港邊的步道掛滿五顏六色的萬國旗，一格格的私人碼頭停泊了各式各樣的白色遊艇、風帆艇與氣墊艇。熙攘的人潮中有的人拖著偌大的行李箱，也有的年輕人則是肩著厚重的旅行袋，他們都行色匆匆朝著同一個方向前進。

齊卜頓跟著人群繼續往前走，才發現原來另一端的碼頭邊停著一艘巨大的豪華遊輪，船上如積木般層層疊疊的客房樓層，頂層透明玻璃內則有金碧輝煌的宴會廳與餐廳，還有甲板上色彩繽紛如遊樂園的滑水道設施，看起來就像一座在海中的渡假酒店。

如織的旅客魚貫進入碼頭的鐵閘，在海關人員檢查過行李、旅行證件與驗票之後，全都興高采烈往登船口走去，在那裡早有兩列身穿白制服的服務人員列隊歡迎他們。

齊卜頓仰望那艘雪白的巨無霸遊輪，船身上幾個金黃色的字體寫著Princess Happiness，耀眼的玫瑰金色澤在陽光下閃爍著，與船首上一大片巨型的熱帶花卉與蜂鳥彩繪相映成趣。他有些好奇這一艘豪華遊輪將會帶著遊客到哪些國家？不過想了想自己又沒有提前訂票或訂房，根本就不可能像跳上巴士或列車那般，臨時起意就登上船出海遠行，他索性打消了念頭轉身離去。

就在他折回頭準備離去前，身後卻傳來一陣呼喊聲：「齊卜頓探長？請問你是齊卜頓嗎？」

他轉過身往鐵閘前望去，有一位身穿白色西裝、頭戴大盤帽的女子，正朝著他的方向揮手。他緩緩走向前，並不是很確定自己認識這一位陌生的輕熟女。

「探長先生，真的是你呀！你不記得我了嗎？」

齊卜頓歪著頭想了半晌，還是沒有任何頭緒：「妳是？」

「我就是那個愛哭的蘇菲亞呀！你還記得許多年前有一位家庭主婦在購物中心失蹤了好幾天，她的女兒每天下課都跑到大隱市警察廳嚎啕大哭，要你們幫她將老媽找回來，那個高中女生就是我呀！」

「喔喔喔……」

他的雙眼頓時發亮，記起了那位淚眼漣漣的少女，想不到如今已出落得亭亭玉立。他當然記得那一起發生在「瞎拚魔購物中心」的離奇失蹤案，當時菲亞的母親與她約好，下課後在美食街見面一起用晚膳，結果等了兩個多小時蘇太太都沒出現，她的手機與家用電話也沒有人接，就那樣突然失聯了兩三天。

警方調閱每個出入口的監視器，確定當天下午蘇太太的確進了購物中心，可是卻完全沒有她離開的錄影畫面，彷彿像是在那座購物中心人間蒸發了！小道消息傳得沸沸揚揚，許多好事者都傳言，那一座瞎拚魔搞不好真有什麼妖魔鬼怪，將她給鬼遮眼牽走了。

不過，就在事發的第三日，齊卜頓和組員卻在白木蓮島的西岸找到失魂落魄的蘇太太，她甚至忘記自己為什麼會憑空出現在遙遠的西岸。直到今日，孩子們還流傳著一個都市傳說，那座如迷宮般的瞎拚魔其實藏著一個神祕的蟲洞，有一位家庭主婦曾經在逛街時不知不覺穿越了時空，走出來後才發現自己竟然身處島嶼的西岸。

齊卜頓當然端倪出事有蹊蹺，就在他事後循循善誘的引導下，才終於打破了蘇太太的心防，她哭哭啼啼後一五一十全都說了出來！

原來，她氣不過才離婚半年的前夫，竟然很快就交了一位新女友，而且還若無其事地帶到她面前獻寶，氣得她乾脆也學著用電話交友與徵友網站結交男友，沒多久還真讓她遇上一位欣賞熟女的優質天菜。

蘇太太本來還只是逢場作戲想賭一口氣，讓前夫明白她不是沒人愛，而且還交到個比他年輕體壯的小伙子。不過，就在對方的猛烈追求下，又讓她重回少女初戀時被寵、被呵護的美好感覺，就那麼一頭栽進了萬劫不復的溫柔陷阱，甚至心甘情願地將積蓄與贍養費一點一點倒貼在他身上，直到有一天山窮水盡時，才意識到一切已經太遲了。

她那天在晚餐時間前就提早到了購物中心，從樓梯間進到地下室二層，剛好沒有被設置在電梯內外的監視器拍攝到。那名男子和她約在停車場內，本來她還以為只是在車內談幾句，結果對方卻是趁機提分手，兩人在車內爭吵了一陣子，男子一氣之下發動了車子飛馳上了高速公路，最後在西岸的海灘停了下來。

蘇太太氣急敗壞地跳下了車，獨自一個人在海邊逗留，男子不但沒有下車尾隨她，還乾脆踩了油門揚長而去。她難過了好一陣子，卻沒有臉回去面對蘇菲亞，要是讓女兒知道母親為了一名年齡小自己好幾歲的男子搞到身無分文，最後還被棄如敝屣，肯定會被認為自己的母親是個笨女人。

她丟魂失魄在海灘公路旁的小旅店住了兩晚，後來才被眼尖的警員發現她的行蹤帶回市區。她開不了口告訴女兒自己失蹤的窩囊真相，索性就順應傳得如火如荼的「家庭主婦於瞎拚魔誤闖蟲洞憑空消失」的新聞，佯裝自己根本不知道為什麼會一瞬間穿越到小島的另一端，而且還一晃眼就已經是三天之後。

「令堂現在還好嗎？」齊卜頓和眼前穿著潔白制服的菲亞相視，兩人非常有默契地露出一抹微笑。

「她呀，後來就『結分』了呀！」

「結分？」他楞了一下，還是沒聽懂。

菲亞俏皮地回答：「就是她和我爸結了又分、分了又結，兩個人又再結了一次婚！老爸可能是看到當時電視新聞上哭得梨花帶淚、楚楚可憐的老媽，內心深處非常疼惜，或許也覺得都是因為他才造成老媽的傷害。所以，她從『蟲洞』回來之後，老爸就一直守在她身邊，老倆口就那樣又回溫了！」她說到蟲洞兩個字時，還刻意拉長了語氣。

「唉，他們總算也尋找到自己的幸福了。」齊卜頓若有所思。

「探長先生，我也找到幸福了喔！」

「什麼？難道妳也結婚了？」

菲亞神祕地一笑：「不是啦，這十多年以來我接受過許多航海與海事訓練，也在好幾艘遊輪上擔任過要職，今年總算正式升任為這一艘『幸福公主號』豪華遊輪的船長了，也算是尋找到我的幸福了呀！」

「船長？當年那一位在警察廳大哭大鬧的少女，現在居然已經是這麼一艘巨無霸的女船長了？小妮子妳也太能幹了吧！恭喜恭喜……」齊卜頓這才驚喜地睜大眼睛仔細端詳著她，白色西裝外套上真有兩片繡著四條金黃槓槓的肩章，袖口上也同樣滾著四圈金色的位階條紋。

「不過，探長先生怎麼會一個人在這裡？難道……你是來查什麼案子嗎？或者也是我們幸福公主號的賓客？」

「不…不是的，我只是剛好經過碼頭就走下來逛一逛。」齊卜頓停了幾秒，索性也將自己退休、妻子病逝，以及正在尋找一個叫幸福的站點……一股腦兒全都告訴了菲亞。

只不過，他並沒有透露關於迷離境界的種種，畢竟眼前這位英姿煥發的蘇菲亞，說不準也是邪惡的腦細胞組織所虛擬出來的角色。

菲亞的雙眼咕嚕地轉了一圈：「這麼巧，原來探長也在尋找幸福？我還真沒聽說過島上有這麼個地名？你有沒有想過幸福或許是在別的國家？」

齊卜頓嘆了一口氣，有點無奈地低下頭。

「這樣子吧！你想不想登上幸福公主號去尋看看那個幸福之地？咦，這聽起來還真是個好兆頭呀！」

「可以嗎？但是我又沒訂房也沒船票呀？」

菲亞拍了拍胸脯，露出一抹陽光般燦爛的笑容：「我是蘇菲亞船長耶！當然有招待重要VIP的權限，而且房務部都有預留幾間面海的貴賓套房以備不時之需，食宿上你完全不需要擔心。你當年盡心盡力幫我找到老媽，還在媒體前守住那個令她害臊的祕密，我一直都沒有機會報答你，今天這一趟海上的旅行就算是我遲來的心意吧！」

他的雙眼感動地望著菲亞，恭敬不如從命地用力點了點頭。

「等等，探長先生有將護照帶著嗎？」

齊卜頓摸了摸外套的內袋，他記得出門前囫圇吞棗地將好些證件都帶上了：「有的有的！需要用到護照嗎？幸福公主號是要開往哪裡呀？」

菲亞轉過身領著他往剛才的鐵閘走去，嫣然一笑地說：「會經過亞洲好幾個地方喔！香港、澳門、臺灣、日本……」

他們走出安檢的海關踏上登船口的斜板時，齊卜頓終於看到電影中時常出現的繽紛畫面，有幾百條、幾千條的彩紙帶飛揚著，從高聳的雪白船身上一路垂落在碼頭邊送行的人群。許多遊輪上的乘客都握著一條條百米長的彩紙，另一頭則牽在底下興高采烈的親朋好友手中。

直到巨大的幸福公主號緩緩離開港口時，那一道道原本下垂的弧線才漸漸被拉成一條條五顏六色的直線，然後越拉越緊……直到一段段的彩紙帶在空中斷了開，幻化成一縷縷如水母觸角的線條，在船身邊緣被風吹得如紛飛的千頭萬緒。

◇　◇　◇

在菲亞指派的下屬安排下，齊卜頓住進了景觀絕佳的景隅套房，從他的陽台上除了能見識湛藍海面上如飄著白鬣萬馬奔騰的潮浪，也能欣賞到甲板上熱帶風情的戶外吧檯、人造海浪的泳池，與色彩繽紛的滑水道上盡情玩樂的遊客。

他在遊輪上也備受各種特殊禮遇，除了在劇院觀賞了一場魔幻劇，在音樂廳聆聽過幾場鋼琴聯彈，也在夜晚的酒吧享受熱鬧的樂團演唱，或者就在充滿豔陽與海風的甲板上日光浴。遊輪上到處都是雙雙對對的乘客，有些是結伴出遊的年輕情侶；有些是新婚度蜜月的男女；也有許多是老夫老妻的銀髮族。

齊卜頓多麼希望此時此刻琳妲就在他的身畔，陪著他享受這美好的一切。

結褵三十多年，他從來沒有把握機會帶著妻子一同看看外面的世界，儘管琳妲曾經提過好幾次旅遊的計畫，但是他總是為了工作一延再延，最後就那麼不了了之。當時，他總認為日後多的是時間不需急於一時，等到退休後就有一大把的時光可以隨心所欲。

卻從來沒有想過，這個世界不可能有永遠等待我們的人，也不會擁有可以一再蹉跎的時光，當守候過我們的幸福流逝後，或許就再也無法尋回。

他如靜止般坐在甲板靠牆的座位，凝視著一望無際的海連天。今天的海面異常平靜，天空也出奇的藍，藍得分不清哪裡是天？哪裡才是海？他們宛若在萬里無雲的天空中航行著，亦或者根本只是他的精神意識孤獨地在自己的腦海中旅行。

陽光溫暖地撒在甲板上，也如同泛著光的毯子覆蓋著他，他開始覺得有些許睡意，便習慣性地從口袋拿出那張摺成好幾折的紙板，默默將它掛在脖子上。自從他登上這艘豪華遊輪後，仍會在與其他乘客閒聊時，詢問對方是否聽過一個叫幸福的地名，只是每一次的回答仍是令他失望的答案。

齊卜頓依然相信肯定有人知悉那麼一座城市、一個小鎮，或者一棟建築物，只是他還沒有遇上而已！因此，只要覺得自己的瞌睡蟲快要上身時，他總會先將那張寫著「幸福到站，叫醒我」的紙板掛上，期待著有朝一日會遇上那位喚醒他的人。

就在他閉上眼半夢半醒之際，隱約聽到前方的躺椅上傳來些隻字片語，聽起來應該是兩位中年婦女正有一搭沒一搭地閒聊著。他並不是很想偷聽他人的隱私，不過兩位大嬸的音量令他不得已成了旁聽生，而且一來一往的對話內容更是讓他充滿好奇心，還不自覺瞇著眼睛瞄了幾眼。

一位頂著捲髮音質沙啞的大嬸憂心忡忡地說：「我最近的心情煩透了！那孩子才在美國待不到一年，也不清楚他的書到底念得怎麼樣，倒是學校三不五時的一堆學雜費、材料費或展覽費可從來沒少繳過，都怪我家老爺子當初答應他去學什麼裝置藝術系，錢花得可凶的呀！」

「喏，妳看看他現在穿得像個嘻哈歌手，學藝術的人真的需要這樣標新立異嗎？」她順勢將手機遞給身旁那位戴著寬邊遮陽帽的大嬸，螢幕上應該是那孩子的照片。

遮陽帽大嬸頓時嚷了一聲：「唉喲，怎麼變成這個鬼樣子？我記得去年送機時他還白白淨淨人模人樣的呀？」

「是不是！」捲髮大嬸像一只貓頭鷹掛鐘，不斷搖著蓬鬆的大捲頭。

「妳兒子這一套套的行頭可不是便宜貨呀！他身後門邊那一雙雙的球鞋可都是限量版的名牌耶，還有客廳裡頂級的弧形平板電視和音響設備……你們倒底一個月給他多少零用錢呀？怎麼現在的留學生過得如此闊氣？」遮陽帽大嬸一邊刷著螢幕上的相簿，一邊如麻雀般嘰嘰喳喳著。

大捲頭湊了過去望了照片幾眼：「哪有多少零用錢？就交通費和食宿費之外，再多個幾百塊美元而已呀？那些真的都是名牌嗎？」

那頂遮陽帽上下點了兩下：「那麼，他哪來這麼多錢買一堆昂貴的行頭和奢侈品？妳沒想過會不會是……」

「會不會是……啊，會不會是他在國外援交賺外快？」大捲頭神經質地喊了出來，又馬上摀住自己的嘴：「這孩子怎麼可以這樣不愛惜自己的身體……」

「什麼跟什麼呀？妳兒子長得那麼低……聲下氣，不可能會去糟蹋自己的啦。我是說，會不會在美國交到什麼壞朋友，跟著一些狐群狗黨在販毒？不然哪來那麼多錢？」

「我兒子在當童子軍時，連要沿街義賣一箱飛天豬巧克力都搞不定，他那樣在美國能販賣毒品嗎？」

「誰知道是不是有什麼黑幫速成講座？我看妳還是要跑一趟美國探個究竟！」那頂遮陽帽繼續低頭刷著螢幕上的相簿：「哇，這小子怎麼天天都在吃大餐？這個是不是波士頓龍蝦？還有這個是阿拉斯加皇帝蟹呀！這一桌同學朋友少說也有十來位吧？難不成都是富二代？」

「他就說這樣一大夥留學生去上館子，平均分攤下來很便宜呀？妳別再說了啦，被妳這樣一講更是讓我心神不寧，根本就沒有心情玩下去了。」大捲頭低首喃著。

齊卜頓在後面可能也聽不下去了，緩緩起身用手指點了點那位大捲頭的背：「這位太太！實在不好意思，我就坐在妳們的正後方，不小心聽到了兩位的一些對話。」

大捲頭和遮陽帽頓時睜大眼、摀住嘴，異口同聲地問：「你不會是警察吧？」

「是……不是不是！」兩位大嬸神經質的表情，搞得他也有點反應遲鈍。

遮陽帽大嬸朝旁邊戲劇化地挑了一下眉，彷彿在暗示大捲頭交給老娘來打發：「我剛才只是說著嚇唬她的啦，她兒子其實很乖的呀！你想想他連飛天豬或什麼葛屁貓巧克力都不會賣，哪有什麼能耐能在美國販賣毒品啦？我看就算去賣美國花旗蔘也沒人要吧！」語畢，還故作輕鬆狀仰頭大笑。

WAKE ME UP AT HAPPYLAND

「是呀是呀，這位先生你可不要聽她剛才胡說八道，就去跟警方舉報我兒子呀！我這位閨蜜就愛危言聳聽，其實只是說話大聲想成為甲板上的注目焦點……吸引一些小鮮肉們的關注啦！」大捲頭聽她那麼形容自己的兒子，也跟著一股腦兒瞎說著，根本顧不得遮陽帽大嬸在一旁翻了好幾個大白眼。

「不不不，我不是警察也不會去舉報你兒子！只是從妳們剛才的對話中聽出了一些端倪，我也相信你兒子根本就沒有在搞什麼違法的勾當。但是，他應該跟妳扯了許多謊，也假借名目搞了好些移花接木的小聰明。」

兩位大嬸可能是去同一家醫美診所，做過什麼買一送一或團體優惠的微整形，高挺的山根與低頭時可戳喉自盡的尖下巴，還有揚眉時紋絲不動的額頭，全都僵硬得如出一轍，彷彿像是在同一個蛇洞修煉出來的同門師姊妹。因此，就算她們的確是正經八百地聆聽著齊卜頓的話，卻令人有一種宛若蛇精正在盜聽世間謎團的詭異感。

「妳剛才說妳兒子那些三不五時的學雜費、材料費或展覽費，都是怎麼繳交的呀？」齊卜頓問。

大捲頭的表情忽然變得冰雪聰明：「現在歐美各家大學的學費或各種雜費，都可以用信用卡繳費呀！我兒子一向都是用我的副卡繳學校的費用，刷完後都會跟我報備金額與繳費用途，反正信用卡的電子帳單上也有繳費的英文明細，我雖然不是看得很明白，至少還看得懂那個校名 Granville 的英文，而且刷卡的金額也都沒錯啦。」

「英文的明細呀？」他沉思了幾秒。

「怎麼樣？你覺得那些款項有問題嗎？」

齊卜頓表情疑惑地回答：「這倒不是，我只是覺得有些發生費用應該不至於是透過校方收費，譬如那些裝置藝術的雕塑材料費，應該是付給校外的美術品供應商吧？至於展覽費用，如果是校內的聯展哪需要收費？況且他才入學不到一年，還不太可能有什麼校外的展覽機會吧？」

「我都有將信用卡電子帳單的PDF檔下載到 iPad 上，唉喲！反正也不是什麼國家機密了，我讓你瞧幾眼吧！」大捲頭從手提包內掏出一只平板電腦，刷了幾下後打開了一個電子檔，還刻意用紙頭蓋住最上方的個資欄，只露出帳單明細的部分。

他探過頭仔細讀著明細單上的英文，當月的帳單至少有七、八筆海外消費，上面也的確印著該校的名稱 Granville——不過齊卜頓再定睛一瞧，竟然發現了那幾筆明細的破綻！

「妳兒子的確非常聰明，也希望他有將這些智慧用在課業上。」

「先生，你難道是那個什麼菠蘿大偵探嗎？怎麼才看帳單幾眼就能知道我兒子的智商？」

齊卜頓笑了出來：「我當然不是神探白羅，不過也還是端倪出妳兒子為什麼能夠用美金幾百塊的生活費，變出了那麼多現金去揮霍。」

「咦，那是一種魔術嗎？」遮陽帽大嬸狐疑地問。

「不是不是，我們先來看看這一張帳單上的細目吧！ＯＫ，妳只要看到帳單上有 Granville 的字眼，通常就會先入為主認定是 Granville University 的款項吧？我相信這應該也是你兒子平常對妳洗腦時說的話——只要看到有什麼 Granville 或 University 的字眼，就是繳交給學校的款項！」

「是這樣沒錯呀！」

「他利用了妳對英文沒耐性的盲點，在遙遠的另一端動了些手腳。妳再看清楚一點，帳單上是寫什麼？」

大捲頭拿出了一副老花眼鏡，戴上後逐字讀著明細上的英文字：「是呀，上面印的是 Granville Univers……咦，這個是大學的拼法嘛？沒錯吧？怎麼被你那麼一講，現在也覺得怪怪的？」

齊卜頓字正腔圓地唸了出來：「其實上面印的是Granville Universal Bistro，應該可以翻譯成『格蘭維爾世界美食餐館』吧！並不是妳所認知的格蘭維爾大學。」

「什麼！你是說這十個月以來所刷的那些什麼鬼學雜費、材料費或展覽費，都刷到了這一家餐館？這每一筆至少都是美金七百、一千的，到底是怎麼一回事？」大捲頭的語氣震怒，只不過僵硬的肉毒桿臉，想要露出猙獰的表情還是有些難度。

「我猜想，他應該也是碰巧在學校附近看到了這間餐館，才讓聰明的他覺得有機可趁了！畢竟許多店家會因為地緣關係，將餐廳名稱冠上附近知名學府的頭銜。」

「那家餐館又不是他開的，怎麼能夠有機可趁呀？」遮陽帽大嬸搔了搔脖子。

「就像妳們在那些照片上看到的，他每個周末只需呼朋喚友上這家餐館一兩次，並且慫恿大家既然是AA制吃高檔美食，那麼就多點一些昂貴的山珍海味，反正十多位同學朋友平均分攤下來還算划得來。然後，就在大夥用完餐之際，他肯定會很爽氣地跟大家說，他的信用卡可以集點或現金回饋，這一餐就由他來刷卡吧！大家只要支付現金給他即可。」

遮陽帽大嬸彷彿被電擊棒敲到了頭，整顆腦袋頓時通透地說：「天呀！他這樣每一餐就可向同學朋友收取到美金七百、一千的現金，可是聚餐的幕後買單者卻是毫不知情的老媽子！妳就那樣被蒙在鼓裡，認為那些有Granville字眼的明細……全都是校方收取的款項！」

齊卜頓打開了手機上的計算機App，一邊輸入數字一邊說道：「他每一次聚餐既可享受高檔美食，又能淨賺七、八百的美金，如果每個星期六和星期日都拉攏不同族群的同學朋友，如此故技重施的話，每個周末就可入手一千六百元左右，每個月至少可淨收美金六千四百元，而且還是白花花的現金！這個金額少說也有一般白領階級兩倍的月薪。」

大捲頭氣得全身發抖，按下了平板電腦上的FaceTime，還喃喃自語地罵著：「這簡直就是在洗錢，將老娘的錢洗到他的口袋了！難怪他那麼愛交朋友，原來那些吃貨全都是他的下線！」

「是呀，才十個月就洗了妳至少美金六萬四呀！難怪他可以如此出手闊綽，吃的、穿的和用的比他娘還要奢華講究……」

遮陽帽大嬸在一旁搧陰風點鬼火，露出一副惟恐天下不亂的冷笑。

兩位大嬸連道謝都忘了說一聲，就自顧自咬牙切齒發著飆。當大捲頭撥給兒子的視訊接通後，只聽見一陣陣河東獅吼的謾罵聲在甲板上傳開，還好高八度的嗓音被強烈的海風淹沒了，並沒有引起什麼小鮮肉們的側目。

齊卜頓本來還想問那兩位大嬸，是否知道那個叫幸福的地點，不過看她們此刻張牙舞爪的陣仗，他非常知趣地踱步離開，還找了個海風比較吹不到的轉角躺椅坐了下。他整了整胸前那一張寫著「幸福到站，叫醒我」的紙板，確定並沒有被自己的外套給遮住，就低下頭閉目養神，在金色陽光的圍攏下漸漸進入夢鄉。

幸福，有時候越是垂手可得，越是容易被誤解為能索求無度，當人們將它無止盡的充填後，也可能將原本單純的幸福感，扭曲成一種被物化的慾望，變質為一種以金錢換取物質所附加的滿足感。

只不過，物質的滿足感終究不是幸福的本尊。

第五章　繁花

雪白的幸福公主號緩緩駛入香港啟德郵輪碼頭，銀亮色的碼頭大廈優雅地躺在水岸邊，黃昏的餘暉如香檳般的淡金色，撒在豪華遊輪的船身和碼頭建築物上。碼頭後方如水泥森林的摩天樓，此刻早已亮起五顏六色的霓虹，繽紛的色光也輝映在波光閃爍的海面上，只有遠方綿延的山脈剪影，沉靜地圍攏在這座越夜越美麗的城市身畔。

齊卜頓和三千多名遊輪乘客下了船後，分批搭上了不同的接駁車，前往位於銅鑼灣的幾間酒店下榻。在車上有些人看著座位上的齊卜頓，和他脖子上的那張紙板，都充滿好奇地跟他聊了起來。

來自雪梨的一對年輕情侶說，他們去年玩遍家鄉的許多景點，還真沒印象澳洲有那麼個地名。在奧克蘭登上幸福公主號的老夫老妻，想了半晌後雙雙搖頭，不記得紐西蘭有那種地方。從曼谷來的一對母女檔也說，他們在老家就是從事旅遊業，從來沒聽過泰國有一個叫幸福的景點。

倒是酒店的隨車人員搔了搔頭問：「幸福之地是 Happyland 嗎？我記得在尖沙咀好像有一間洋名叫 Happyland 的西餐廳喔？就是那種有西式簡餐的 Café，他們的香煎鵝肝、黑松露意大利飯和怪獸雪糕還真好吃呢！如果你是要找那家餐廳，待會 Check-In 後我將地址抄給你！」

「真的嗎？那太好了！」

齊卜頓睜著無法置信的雙眼，心頭霎時有一種豁然開朗之感。他一直以為幸福是在大隱市，或是白木蓮島上某個城鎮的巴士站或火車站，也許是一座城市、一個小鎮，或者一棟建築物，他從來沒想過有可能是一家充滿奇妙美食的餐廳！

那一晚，他在酒店客房內徹夜難眠，不斷起身檢查床頭櫃上那張寫著地址的便條紙，最後索性將它小心翼翼地收進皮夾中。他的內心充滿悸動不斷幻想著，那也許是一間充滿奇蹟的餐廳，有著能帶他離開迷離境界的魔幻力量，也可能就是腦細胞組織中的一個漏洞通道。

或許，當初槍擊時子彈射在他腦袋上的傷口，也將他的精神意識逼進了腦細胞組織的底層，大腦的保護機制啟動後將他困於虛構的世界之中，從此身體也就斷絕了與外界的互動！他必須尋到那個彈孔，讓他的精神意識再度從洞口爬回現實的世界！

那個幸福之地，肯定是通往外面的通道！

琳妲肯定就在現實世界中，正握著他的手清唱著那首「幸福到站，叫醒我」，日日夜夜用歌聲引導著他、呼喚著他，試著將他從昏迷之中帶出來。

當第一道陽光射進窗簾時，齊卜頓早已穿著他最鍾愛的淺棕色格紋背心與外套，步出了酒店的大廳。清晨六點多的香港市街，有一種華麗音樂劇落幕後的寧靜，也有一種嬌豔舞孃宿醉般的慵懶感，他聽從大廳前台人員的提點，在天后站跳上了開往金鐘站的港島線，再轉搭荃灣線前往尖沙咀。

在地鐵站和列車內，他旁若無人掛上那塊紙板，幾位學生長相的年輕人竊笑地交頭接耳，早起的上班族也忍不住偷拍他上傳到社群網。還好抵達轉運站後人潮洶湧，擦身而過的人來人往行色匆匆，早已對掛著紙板的他見怪不怪，有些人還以為他在搞什麼 Free Hugs 的免費擁抱活動，一見到他就低下頭刻意繞道而行。

列車穿越海灣之後，很快就到了尖沙咀站，他跨出地鐵站出入口不消五分鐘，就看到某個招牌上那個令他朝思暮想的字眼，參雜在琳瑯滿目的各式店招之中。餐廳的門上寫著十點鐘才正式營業，齊卜頓透過落地的玻璃觀察著內部的一景一物，彷彿想尋到任何充滿神奇力量的線索。

沒多久，他索性在門前的台階坐了下來，理了理胸前的紙板後又不小心打起盹了。他心想，反正距離營業時間還有兩個小時，應該夠他補眠小憩一下。他也想到，既然都已經抵達這個叫幸福的地點了，那麼應該會有人叫醒他吧？或許一張開眼睛後，會發現自己已經回到某家醫院的病床上！

齊卜頓做了一個夢，夢見他站在一條五光十色的河流中央，如彩虹般的水是流動的，只有他靜止著。他仰望著河水的上方，竟然有許多漫天飛舞的彩蝶，還嘖嘖稱奇地想著，昏迷在迷離境界中的他竟然還能作夢？這些夢境到底是他在昏迷中的夢境？還是他在迷離境界中沉睡時的夢境？

各種色彩宛若絲帶般從他身畔流逝而去，當他定睛仔細觀察時才發現，那蜿蜒的流域其實是人流！他正站在一條塞滿行人的道路上，每位與他擦身的過客全都穿戴著顏色鮮豔的服裝，面露歡笑地朝著同一個方向移動。

只有他，面朝反方向不為所動。

人流中偶爾出現了幾張熟面孔，過往的同學、同事或長官，他們自顧自地嘻笑聊天，彷彿毫不知情他的存在。忽然，齊卜頓在人頭湧湧中看見了齊利，他身旁還跟著一位推著嬰兒車的陌生女子，兩個人有說有笑地逗弄著車內的嬰兒。

齊卜頓朝著齊利大聲地喊著，就算他們近如咫尺從他身旁掠過，卻對在一旁揮手呼喊的他視若無睹，甚至如同沒有看到似地繼續隨著人流遠去。

「哈囉~哈囉~為什麼沒有反應？」他的眼淚幾乎就快迸了出來，彷彿還聽見自己的呼喊聲在人潮之中迴蕩著，又隨著冷空氣更清晰地傳回他的耳際：「哈囉~老伯，你醒一醒呀？哈囉……」

他的耳邊還傳來幾句聽不太懂的方言：「有冇搞錯呀，係唔係死咗？」

齊卜頓楞了幾秒，因為那竟然是年輕女孩的嗓音。

直到他緩緩睜開雙眼，才發現眼前正有一男一女彎著腰打量他。那位穿著黑色長圍兜的帥氣男子，戰戰兢兢地將食指放在他的鼻孔下，身旁則有一位穿著「鄉村蘿莉塔」服飾的女孩，手中還緊緊掐著一條抹布盯著他。齊卜頓心想，是醫生和護士嗎？為什麼穿得有點奇怪？

「醒了醒了！老伯你沒事吧？」蘿莉塔女孩喊了出來。

齊卜頓環視了周遭一圈，臉上頓時浮起一抹失望的神情，因為他並沒有穿越到某間醫院的病床上，身旁更沒有琳妲或齊利的身影。他又回到了那間在尖沙咀的餐廳門口，而且玻璃內早已亮起了明亮的燈光。

「你們開始營業了？」他問。

圍兜男馬上直起腰，非常客氣地回答：「是的，原來你是在等我們開店呀！」

「老伯呀，你剛才快將囡囡嚇出一身冷汗了，我還以為你是心臟病發作的街友，快點請進！」蘿莉塔女孩將抹布塞進蕾絲圍裙，馬上和那名男子將齊卜頓攙扶了起來。

「我沒事……我沒事。」

他們將他領到靠近咖啡吧前方的座位，那張餐桌鋪著鄉村風的維多利亞桌巾，以及充滿歐式花卉的餐墊，就連左右兩側的餐具也充滿了夢幻風格。老態龍鍾的齊卜頓坐在那，竟然有一種老人家在玩辦家家酒的滑稽感。

「這畫面好可愛呦！你不要那麼不自在嘛！」蘿莉塔女孩熱情地招呼著他，還遞上了一本又是充滿小碎花的菜單：「我是你今天的早餐小天使，叫我囡囡就可以了！剛才那一位帥哥叫囝囝，是我的男廚兼男友！」

吧檯內的囝囝也揮了揮手：「你看起來應該是外地人吧？」

「喔，我是從南太平洋的白木蓮島大隱市來的……」

囡囡睜著圓圓的杏眼：「白木蓮島，好美麗的名字喔！讓我想起韓劇裡梨花女子大學的那些白木蓮樹！」看得出來，他們並沒有聽過那一座島嶼。

「真的很美，我們整座島都是白木蓮樹，花季時美得就像披著白紗的新娘！」

「找到了！」囝囝無厘頭喊了一聲，還跑出吧檯將手機遞給囡囡瞧：「沒錯吧？White Magnolia Island 首都是 Greater Vanishing，就是老伯剛才說的白木蓮島的大隱市！」

囡囡驚呼了出來：「哇，這未免也太夢幻了吧！白木蓮島的形狀還真的像一朵盛開的木蓮花，中間像花蕾的粉紅山脈竟然是一座休眠火山耶！上面還說遠古時期就是這座火山所噴發流出的岩漿，將周圍八、九座橢圓形的島嶼連結成如今宛若花朵的地形。」

「妳看這一張照片，還真的像老伯說的那樣，整座島嶼就像披上一襲白紗的新娘！我們以後乾脆就到那邊結婚吧！」囝囝摟了摟她。

「咦，我有說過要嫁給你嗎？」

齊卜頓望著手機螢幕上那座白色的島嶼，竟然有一種恍如隔世之感，只不過是幾個星期之前，他才在那裡經歷過人生最痛苦的生離死別，更在那座美麗的島嶼上作了一個最殘酷、最錯誤的決定。如今，他卻已身在千里之外，從手機上俯視著那座令他心傷的白木蓮島。

「老伯從遙遠的南太平洋來香港，怎麼會知道我們這間小餐廳呀？」囝囝問。

齊卜頓的呼吸頓時掐在喉間，不過還是清了清嗓子說：「這……還真不知道該從何說起？好吧，我的妻子從年輕時就在尋找一個地方，她認為世上有一個能夠帶給人們快樂的幸福之地，許多散播歡笑與充滿正能量的人，也許都到過那裡或來自那裡。她曾經拉著我想漫無目標的去旅行，甚至還為它寫了一首叫『幸福到站，叫醒我』的歌曲。

直到幾個星期前，妻子癌症病情惡化，在癌細胞擴散轉移之後就突然離世，我和兒子在她的遺物中找到那首歌的唱片，從她的歌聲中我重新審視自己的過往……」齊卜頓停了幾秒，考慮是否該將那些迷離境界的推想告訴他們？

「我才決定，要完成她當年未完成的旅行，尋找到那個能夠帶給人們快樂的幸福之地！」他說了謊，因為他不認為有人會相信那些奇幻的說詞，況且眼前的囡囡和囝囝，應該也是腦細胞組織所虛構出來的人物吧？

「所以，你以為我們的店名叫 Happyland，或許就是那個能夠帶給人們快樂泉源的幸福之地？」囡囡問。

「難道不是嗎？」他的口氣急促地問：「難道這裡不是一間奇蹟的餐廳嗎？你們沒有任何神奇的力量……或是有任何要給我的口信……」

囡囡和囝囝不約而同搖了搖頭：「雖然我們也時常無厘頭搞笑，帶給客人們許多的歡樂，但是這裡應該不是你要找的那個幸福之地。對不起，讓你千里迢迢白跑一趟了……」囡囡摀住心口，不忍地望著目光渙散的齊卜頓。

他終於嚐到那種挫折與失落。就像當年荷琳姐走下巴士後，看到終點站外那個平凡的小漁港，並不是期待中充滿能量的幸福之地，失望之餘還得面對他轉身離去的冷言冷語。

原來，自己曾經那般冷漠，打斷了琳姐對幸福之地天馬行空的期許。

「老伯，你不要難過，我能體會你現在的心情……」她頓了幾秒。「其實，幾年前我也曾經迷失過，當時我爹地車禍驟然去世，我突然好後悔沒有在他有生之年，讓他看到我用心的完成學業、謀一份正職，甚至是……牽著我的手引領我步入禮堂，將我交給那個值得他信賴的男子。」

剛才還笑容滿面的囡囡，霎時紅著眼：「我總是讓他擔心！總是讓他心痛！總是對他牙尖嘴利！他發生車禍的那個晚上，我還和他狠狠吵了一架，怒氣沖沖地奪門而出在夜街上遊蕩。我記得甩上門的那一剎那，我還齜牙裂嘴地喊著——我恨你！我恨你！我希望永遠都不會再見到你！

我想，上帝肯定是聽到我的詛咒，然後稱了我的心將他收了回去！我接到警方的來電時才知道，爹地整個晚上都開著車在街上瘋狂地找我，結果卻意外和一輛逆向行駛的醉漢飛車對撞……當場死亡！我原本的恨意狠狠地打在我的臉上！打在我的心臟上，將我整個人全都打碎了，碎了。要是我沒有任性要脾氣！要是我沒有躲著不讓他找到！要是我沒有發下那個毒誓！我相信一切會不一樣，他也不會永遠離開了我……」

囡囡溫柔地撫著她的肩膀，還遞上了幾張面紙，她將面紙摺了好幾折，輕輕壓著眼線邊緣快要溢出的淚水，還擠出了一個很尷尬的笑容。

「我迷失了好一陣子，一直在問自己後面的路該怎麼走？直到……」她突然想到了什麼，迅速轉過身跑到吧檯內。

幾秒鐘後才又跑了回來，將一張長方形的卡片放在餐桌上。

那是一張橫幅的明信片，畫面的上方是一大片藍紫色的夜空，還飄滿大大小小幾百個、幾千個暈黃的光點，有些宛若星空下的螢火蟲，有些則像是發著光的白色熱氣球，在無垠的空中冉冉而上。就連下方那一灣清澈河水中，也倒映了密密麻麻的奇異光點，然後右下角端端正正印著一行小字──「臺灣・平溪天燈」。

「我曾經幻想過，是否有一種方式可以將我的話語傳到天堂、傳給天上的爹地？我很想告訴他，對不起我錯了！很想告訴他，現在的我很認真地在過日子，請他不需要為我操心。直到我看到電視旅遊節目介紹了平溪天燈，他們說臺灣人會將心中想說的話、想許的願望寫在天燈上，讓那些話語隨著熱空氣傳達到宇宙的深處，為他們完成心中的祈願。」

齊卜頓握著明信片的手震了一下，雙眼也跟著越睜越大。如果，他將想對琳姐說的話寫在天燈上，那些話語是否也能穿越天際、穿破雲霄，穿出這片腦細胞組織所虛擬的迷離境界，將他的訊息傳達給現實世界中的琳姐與齊利？

「我隻身飛到了臺灣，在瑞芳車站搭上前往平溪的老火車，還在當地的民宿下榻了好幾天。每晚，我都會到一位老婆婆的天燈店，挑選一只最美麗的雪白天燈，將心中想對爹地說的話寫在上面，和老婆婆一起在曠野中施放，看著它冉冉飄向天際，越來越小。我連續放了七個晚上的天燈，將所有想說的話全都寫了出來，每晚傳達給遙遠的爹地。直到，心中所有的話語都傾訴完了，我的心情也出奇平靜地返回香港。」

囡囡轉過頭深情地望了身旁的囝囝一眼：「當然，那位許願老婆婆也陪我施放了好幾盞願望天燈，要交一個超帥的溫柔漢、要開一間超級夢幻的小餐廳……現在全都實現了！平溪算是我重拾快樂的幸福之地吧？老伯如果有時間可以去一趟，或許也能在那尋回你曾經失落的人生碎片？看到你想尋回的幸福與快樂。」

齊卜頓的目光停留在那張卡片上，漸漸露出了淺淺地微笑：「謝謝妳，我如果到了臺灣一定會去這個地方！」

囡囡幫著齊卜頓點完餐點後，又露出那種如天使般的燦爛笑容，也像一隻忙碌的蜂鳥在宛若花間的幾張餐桌上收拾著。

「囡囡……」齊卜頓嗓音乾澀地喚了一聲，隨之表情認真地看著在隔壁桌回過頭的她：「我相信，當妳爹地每次從天上往下望時，一定是帶著非常驕傲地笑容凝望著現在的妳！」

她扁嘴了幾秒後，又露出一抹燦爛的微笑：「老伯你不要再讓我哭哭了啦！」

「來囉來囉！這是本店帥哥我……為老伯特調的花式拿鐵！祝你很快就可抵達那個充滿快樂能量的所在！」

他們三個人低頭端詳著杯中的拉花圖案，在歐式的仿骨瓷咖啡杯中，正漂浮著一朵猶如盛開白木蓮的奶泡拉花，中間的花蒂上還撒滿了杏仁碎和一顆如火山的小泡芙。

囝囝俏皮地問：「你們看懂這拉花的含意了嗎？」

囡囡搖了搖頭：「不就是剛才的白木蓮島呀！」

「Ｎ　Ｏ、ｎ　ｏ！我的設計更有深度喔！猜猜看嘛！有杏仁和泡芙的花蒂呀？妳跟著我唸一遍杏仁和泡芙的花蒂……不就是杏芙之蒂！幸福之地啦！」囝囝無厘頭地喊了出來。

她這才恍然大悟，還用力拍了拍囝囝的肩膀：「哇哇哇，老公好棒棒！你真是超級厲害的……神經病！」

三人霎時全都噗哧笑了出來。

齊卜頓告別了囡囡和囝囝後，從尖沙咀搭地鐵回到金鐘，還臨時起意跳上了非常有英倫風情的香港「叮叮車」，透過這種一九〇四年起就在香港穿梭的軌道電車，居高臨下巡禮這個精采的萬象之都。

他有點訝異自己在旅途中，漸漸學會當年琳姐那種頭也不回追著巴士跑的勇氣，然後毫不畏懼地跳上一輛輛不知終點的大眾交通工具。或許，曾經習慣了循規蹈矩、按部就班的他，如今才開始學習這一段段未知旅程的探險，還不算太遲。

他坐在上層靠窗的位置，倚著玻璃窗觀察著這個城市的一景一物，居住在南太平洋島嶼的他，從來沒機會見識這種車如流水馬如龍的繁華，就算是他所居住的大隱市都心，也不常見到如此人流與車流交織的熱鬧奇景。行走在樓廈如林、招牌如葉的人群，彷彿都清楚知道自己的方向。

早上十一點多的離峰時間，上上下下的乘客大多是中年的家庭主婦或頭髮花白的銀髮族，他的胸前掛著那塊紙版，端坐在叮叮車上層的座位，本來放眼望去還坐滿了老弱婦孺，結果打了一個盹醒來後，才發現上層的座位區早已空蕩蕩，只剩下三、四位乘客。

他剛才應該是被什麼聲音吵醒了？聆聽了幾秒後發現旁邊間歇地傳來幾句責罵聲，音量還刻意壓得非常小聲。齊卜頓轉過頭望了望，才確定是來自狹窄通道另一邊的一對母女。

那位母親長相的女子穿得非常樸素，腰間還圍著那種攤販用的小圍兜，她身旁則坐著一名嘟著嘴身穿中學制服的女孩，正目光茫然地望著車廂的最前方。他瞧了一眼手機上的時鐘，現在是周間日接近中午的時段，為什麼這位學生長相的女孩並不在學校？

「妳是個女孩子家，為什麼要學人打架？還將那兩位女同學打得鼻青臉腫，還好人家父母沒有去告我們，要不然我就算賣掉那個魚蛋粉的攤位也賠不起呀！」

穿制服的少女面無表情並沒有回話，眼神彷彿就定在前方車窗外的市街。

那位母親繼續低聲喃著。

「這已經是第二次被記過了，再這樣下去要是被學校開除了怎麼辦？」她低下頭用小手帕擦拭著眼角。「我記得妳小時候多麼乖巧體貼，雖然媽媽書讀得不多，可是看到妳小學時每學期都考前三名，我每天賣魚蛋賣到凌晨兩點也值得。

那個醉鬼老爸還沒失蹤前，每次要對我拳打腳踢時，小小的妳就會擋在媽媽前面護著我，不讓喝得醉醺醺的他靠近我。那時，妳才七、八歲呀，小小的身子卻趴在我身上，安慰地告訴我不要害怕！妳以後都會保護我、孝順我，可是現在卻遺傳了那死鬼愛打人的性格……」她將頭俯在前座椅背的欄杆上，不斷地抽動著肩膀。

少女依然沒有回話，只是繼續凝望著車廂前方，臉上卻早已爬滿了淚痕，她忍住不去將淚水拭去，可是胸膛卻換不過氣地輕顫著。

23
23
港電車

HONGKONG TRAMWAYS

齊卜頓轉頭看著少女，冷不防吐出一句：「妳會打架，是因為要保護她吧？」

少女猛回頭望向他，朦朧的雙眼閃過一絲驚訝，就像在問著——你為什麼會知道？

「我看得出來，其實現在的妳仍然繼續守護著媽媽。」他露出一種無庸置疑的神情。

畢竟，在過往的辦案生涯中，齊卜頓見過太多單親家庭出身的暴怒青少年。他經手過的許多暴力事件，有時成因並不在當事人自己身上，而是為了保護自己唯一僅剩的那位親人。

就在那一瞬間少女堅強沉默的外表崩潰了，原本淚流滿面的無聲哭泣也潰堤了。她若有似無點了點頭，然後摀住了嘴緩緩彎下腰，將頭埋在格紋的百褶裙上，全身更用力地抽噎著。就連坐在身旁的母親也抬起頭，毫無頭緒地望著齊卜頓與女兒。

「那兩位女同學說了些什麼，是和你的母親有關吧？」他問。

少女止不住淚水，斷斷續續地語息喃著：「她們像唱歌似地天天喊我是……『魚蛋殺手』的女兒，還告訴其他同學要是我媽去參加園遊會……一定要躲著她，不然就會被她偷偷抓走變成失蹤人口。她們說我媽的魚蛋……是用我失蹤老爸的人肉摻魚粉攪出來的……」

「亂講！亂講……她們是亂講的……」那位母親用力喊著，卻不知該如何反駁那些謠言。

她摟住哭得不成人形的女兒，不斷輕撫著她的頭髮與背，還心疼剛才竟然生氣數落了她，到最後才知道原來受害者根本就是……自己與女兒。

「對不起，媽媽錯怪妳了！難怪妳好一陣子不讓我去學校接妳，連園遊會的邀請函也藏在書桌抽屜底層，我還以為妳覺得媽媽當小販不體面，才不讓我去學校丟人現眼。結果……妳是在保護媽媽……不讓我受到那些冷嘲熱諷的傷害，卻自己一個人默默承受那些謠言……」

少女抬起頭淚眼婆娑地說：「但是……今天我再也無法承受了，她們去偷拍妳賣魚蛋的照片，將它貼在中年級的網路群組內，還危言聳聽告訴所有同年級的學生，不要去買妳的人肉魚蛋……我才會氣不過又出手打了人，我不是老爸……我真的沒有遺傳他的暴力傾向……」

她不忍地凝視著女兒，端起她的臉蛋瓜子凝視著，隨之嘆了一口長氣後才道：「媽媽不該瞞著妳！一直沒有將真相告訴妳……其實妳老爸還活得好好的，根本就沒有失蹤或死掉，而是在東南亞走私毒品被抓去坐牢了！我不想讓妳覺得自己是毒蟲囚犯的女兒，因此一直不敢讓妳知道，結果卻讓妳悶著受了那麼多委屈……」

齊卜頓本來還想說些什麼，可是看著她們倆緊緊地握著對方的手，他突然覺得此時無聲勝有聲，也覺得她們看起來比自己還要堅強，肯定能夠攜手共同度過許多難關！

他遠眺窗外車水馬龍的高樓大廈，斑馬線上行人的步調匆忙地走著，那些摩天大廈的每一扇窗口，那些交織在路面上的行人，都在上演著許許多多不同的故事。每一個故事中的主角或許都和囡囡或這對母女一樣，有著自己那位守護幸福的使者吧？只是許多人從未發現自己是被無形的幸福圍攏著。

幸福，有的時候是一種無聲無息地關懷，如空氣般無色、無嗅與無香地存在著。只是，我們常會不在乎或無法感受，自己正活在那股被默默守護的無形幸福中。直到有一天，那一座曾經為我們遮風擋雨的隱形高塔倒下後，才終於明白原來自己曾•經•幸•福•過。

第六章　天光

幸福公主號緩緩駛離了九龍灣，豔陽下櫛比鱗次的高樓大廈越來越小，猶如堆砌在湛藍天際線下成百成千的火柴盒。遊輪優雅地在海面上劃下一道道水線，繼續朝著東北方的另一座島嶼航行。

在香港停留的三個夜晚，齊卜頓也跟著在遊輪上認識的新朋友們，乘著如子彈般飛馳的噴射客輪造訪了澳門，見識到葡萄牙殖民風情的古城、維加斯風格的路氹金光大道，與傳統東方粵閩式的建築，驚見了中西文化碰撞後的交融。

午後的豪華遊輪上，最熱鬧的應該就屬男性們聚集的運動酒吧，當他們的女性伴侶忙碌於五花八門的瑜珈課與舞蹈課，亦或在劇院內欣賞著很無趣的音樂演奏會時，就是男士們爬出客艙群聚在酒吧的好時光。

喧鬧的運動酒吧位於遠離客艙房的船尾區域，內部的陳設與一般喝酒聊天的酒館無異，只是三面牆上有著近二十台平板電視，每一個螢幕上轉播著不同衛星頻道的運動節目，有網球、英式足球、美式足球、高爾夫球或極限運動的競賽。不同國籍的酒客們緊盯著自己有興趣的運動項目，不時傳來歡呼聲、抱怨聲或七嘴八舌的個人球評見解。

齊卜頓倚在酒保前方的座位，一邊啜飲著加了些蘇格蘭冰塊的威士忌，一邊觀賞著自己還算有興趣的高爾夫球賽。那身影、那姿態與那遙望前方的神情，就像當年在白木蓮島的餐廳內，每一個夜晚等待著荷琳妲演唱時的光景。他想不起來有多少年了，沒有如此愜意地倚在吧檯前，細細地品嚐著一杯酒。

他的胸前依舊掛著那一張「幸福到站，叫醒我」的紙板，不過在酒客絡繹不絕的酒吧內並不是那麼起眼，有些人經過他的跟前才發現上面的文字，好奇地駐足與他攀談幾句後，總是歪著頭想了一想，又搖了搖頭後才離開。來自英國、荷蘭、德國、義大利……的酒客都沒聽過自己的國家有個叫幸福之地的地名。

熱情的女侍者們端著托盤，如花蝴蝶般在酒客之間上酒，擦身而過時也會關心地問他是否需要再點一杯。隨後，又有一位亞洲長相的工作人員走上前，齊卜頓本來還以為對方也是侍者，倒是這位男子卻穿著一身淺紫色的燕尾服，手中推著一個有小輪子的高腳小檯，上面還鋪了一塊絲絨黑布，和一副花色艷麗的撲克牌。

「這位客人，你也在尋找充滿快樂能量的幸福之地嗎？」他望著齊卜頓胸前的紙板。

齊卜頓征了兩秒看著他：「你還知道其他人也在尋找那個地方？」

那男子戴著白手套的雙手理了理衣襟，揚著下顎道：「這世界上每一個人都在尋找它！而你今晚非常幸運地找到它了！」他揮著手掌比了比身旁的那個高腳檯子：「因為，我就是那個帶給人們快樂的魔術師，歡樂與美好將會在這小小的魔法檯上湧現！」

「幸福，其實一直跟隨在你身畔……」紫衣魔男的手指依次在他的後腦勺、雙肩與胸前輕碰了幾下，隔空取物般地從齊卜頓身上取出許多晶瑩剔透的白色花瓣：「只是你從來沒有去留意……」

他將那片片花瓣放入齊卜頓手中，輕輕地把他的手握了起來。「你看不見它、尋不到它，因為幸福一直藏在你的心中！」當紫衣魔男再度掰開他的雙手時，一片片的花瓣變成了一疊金色的撲克牌。「你必須一層層地掀開，它……就藏在最底層！」

當紫衣魔男將那副牌放在檯子上，一抹開後每一張牌全是顏色鮮豔的紅心A。「就像那一片片的花瓣，每一件微小的事物中，都藏著一個充滿快樂能量的幸福之地，等待著你去體會與發現。」

他抬起頭開始搓著白手套的雙手，霎時從指縫間竄出了許許多多白色的紙蝴蝶，它們大約只有指甲般大小，不斷在黑絨布的魔法檯上方上下飛舞著。

「就像，在古老的中國有一則寓言，有一位叫莊周的男子，夢見自己化為一隻翩翩飛舞的彩蝶，快樂地穿梭在夢中的百花之間……

當他從夢中醒來時，卻發現自己又變回了莊周，可是剛才那種如彩蝶般的快樂與飛舞，卻是如此真切的感覺！他開始懷疑到底自己是在夢中？還是在現實中？到底是他夢見自己化成彩蝶？還是彩蝶夢見自己化成了莊周？」

紫衣魔男用手指逗弄著那些飄舞在半空中的紙蝴蝶。「那麼，我們在人世中經歷的痛苦，或在夢中所追尋的幸福感，到底哪一個才是虛？哪一個又是實？」

齊卜頓的表情驚訝，彷彿正思索著莊周與彩蝶的夢境區別，也懷疑這位魔術師是否懂什麼讀心術？於此同時，紫衣魔男敲了一下絨布檯的桌角，所有的紙蝴蝶頓時墜落在檯面上，回歸成一片片沒有生命的紙片。

其實，他剛才仔細端詳著那座小巧的魔法檯許久，職業本能地推想絨布底下的桌面，應該有一具吹著熱風的小型暖風扇吧？輕盈的紙蝴蝶才能藉由上昇的熱空氣在半空中飄浮著，最後那一敲肯定是將安裝在桌角的隱藏開關給關上了！

正當齊卜頓想偷偷掀開那一片黑色絨布時，身後卻突然傳來了一陣騷動，他順勢轉過頭朝門邊的座位一望，才發現是一位酒客不小心打翻了桌上的啤酒，圍桌而坐的幾位男子全都跳了起來，七手八腳用餐巾紙擦拭著桌面。

當他再度回過頭時，那一位淺紫色燕尾服的魔術師竟然憑空消失了？酒吧的大門是在齊卜頓身後的方向，工作人員進入吧檯或廚房的出入口則在他的左後方，可是那位紫衣魔男卻能在幾秒內推著活動的魔法檯，從眼前沒有任何門窗的空間消失了？

他問了正從身畔掠過的一位女侍者：「請問剛才還在表演的那位魔術師呢？」

「魔術師？我們這裡沒有魔術師呀？」女侍者目光疑惑地看了他兩眼，聳了聳肩離去。

齊卜頓愣住了，這到底是怎麼一回事？他低頭才發現褲子上沾著一片白色的物體，拾起後才想起是剛才無意間落下的白色花瓣，當他仔細觀察那一片橢圓形的花瓣時，才赫然發現那竟然是——白色木蓮花！

他的手掌托著那片花瓣，狐疑地環視著酒吧內的一景一物，不但沒有任何身穿淺紫色的酒客，就連稱得上是亞洲長相的男子也沒有。他的耳際響起紫衣魔男剛才說的那幾句話。

就像那一片片的花瓣，每一件微小的事物中，

都藏著一個充滿快樂能量的幸福之地，

等待著你去體會與發現……

◇　◇　◇

基隆港的天空灰濛濛，谷灣地形的海面上寧靜無波，彷彿隨時都可能下起一場午後雷陣雨。在港灣引水人的導航下，幸福公主號終於順利停泊在東岸碼頭，來到了這座在太平洋、臺灣海峽與巴士海峽交界的亞熱帶島嶼。

蘇菲亞船長陪著齊卜頓走下船，耳提面命地說：「我已經用 Uber 幫你叫了一台車，應該正在閘口外等著你，他會直接將你送到瑞芳車站，從那裡就能搭上平溪線的火車，抵達你想去的那個天燈之鄉！」

「實在是太感謝了！」齊卜頓握了握菲亞的手不斷道謝。

菲亞揮了揮手道別，目送著他逐漸離去的身影：「別忘了，大後天的下午四點要回到這裡集合喔！我們這位嬌滴滴的幸福公主可不等人的呦！」她大聲喊著。

碼頭上幾千名乘客陸續上了開往台北的好幾輛接駁車，只有齊卜頓獨自朝著出關的閘口走去。蘇菲亞船長或許早在附言中形容了乘客的樣貌，因此那位 Uber 司機一見到穿著淺棕色外套與格紋背心的他，早已在對街朝著他揮手。

齊卜頓上了車後，將胸前的那塊紙板取了下來擺在座位旁。

那位長相斯文的年輕男子按了幾下手機上的App後，才發動了車子也朝著照後鏡問道：「老先生一個人到瑞芳車站，那邊有臺灣的朋友會接應嗎？」

「喔，我是要到車站搭平溪線的火車。」

「到平溪放天燈嗎？想不到你們外國人也知道喔！還好你不是平溪天燈節的時候來，雖然那時候才能看到密密麻麻的天燈升空，不過一路上大塞車也很難進得去啦！」年輕男子順勢將背景音樂的音量調低。

「那個叫平溪的地方，為什麼會有那麼特別的放天燈習俗呀？」齊卜頓問。

「這個我有聽老人家說過，當初好像只是一種報平安的信號燈喔！聽說在清朝時那個位於山區中猶如人間仙境的村落，大家過得都還算豐衣足食，當然也就引來山賊們的覬覦與燒殺擄掠。因此，每年農作物收成口袋飽飽時，村民們就會躲到深山中，直到回村內探路察看的壯丁確認平安後，就會施放這種像熱氣球的孔明燈，通知同鄉們可以平安回家了！」

「原來是這樣呀！」

年輕男子突然想起什麼，繼續道：「啊，最近臺灣網路上還流傳了一張『人影天燈』的照片喔！大家都在社群網上瘋傳呢！」

「人影天燈？」

幸福不是一個終點，
而是一個旅程。

幸福到站，
叫醒我

STAMP

年輕男子將車子停到路旁，從右方的儲物箱挖出一只平板電腦，刷了幾下螢幕後就將照片遞給他看：「喏，就是這個！」

那張照片和齊卜頓見過的其他天燈圖檔差不多，只不過其中一只粉紅色的天燈卻被紅圈圈框了起來，因為在透光的粉紅燈籠中隱約有個淺淺的陰影！他用食指和拇指將畫面拉大後，還真發現裡面有一縷清晰的人影，正幽怨地俯在如球體的天燈內，彷彿困在正冉冉升空的光球之中。

「我本來也認為只是拍攝時的光影與角度問題，可是聽說有人還拍到了影片，那個在天燈中的人影是會動的！」

「所以……沒有任何調查結果嗎？」齊卜頓問。

他繼續開著車，還乾笑了兩聲：「調查結果？這種都市傳說哪會有人去調查啦？通常就是在網路上流傳一陣子後，沒多久就不了了之了。」

當他們抵達瑞芳車站時，那位好心的年輕男子還領著齊卜頓到售票口買票，隨後又在服務台找到一張英文導覽地圖遞給他，並且在倒數第二站的平溪畫了一個大圈：「記得，平溪線的終點站是菁桐，你要在前一站下車才是平溪喔，千萬不要坐過站呢！」

「謝謝……」齊卜頓疲倦的臉上擠出了一個微笑，握了握對方的手。

年輕男子表情靦腆地說：「老先生，我知道你一定是有什麼重大的心願，才會從國外千里迢迢跑來放天燈！那麼，我就先預祝你早日達成心中的願望吧！」他傻氣地鞠了個躬，然後搔了搔頭就轉身跑出了車站大廳。

齊卜頓在月台上等了沒多久，就看到一列車身上畫滿彩繪圖案的 DR1000 柴油列車進站。他順利登上火車後，再度將那塊紙板掛在胸前，本來還想閉目養神休息一下，卻被車窗外原始的河谷、老礦場、鋼樑橋與日式建築景觀吸引住，目不轉睛瀏覽著沿途與香港截然不同的景緻。

總是在驚嘆眼前的美景時，他的腦中會閃過荷琳姐的身影，想到自己從來沒有把握機會與妻子共遊，一同讚嘆著旅途中令人動容的一景一物，他的內心除了落寞也浮起一抹罪惡感……

火車靠站後，齊卜頓走出外觀簡樸的平溪車站，便順著蜿蜒的步道跨過古色古香的小橋，穿進了天燈店與小吃店林立的平溪老街。他問了幾位當地的居民後，才終於找到囡囡介紹的那間民宿，而斜對面那間小小的天燈店，就是曾陪她放過七晚天燈的老婆婆開的。

熱情的民宿女主人一聽說是香港的囡囡介紹來的，眼睛笑得幾乎快瞇成兩條線，還口操親切的臺灣國語喃著：「你有夠幸運的啦，這幾天嘟嘟好不是周末假期，樓上還有一間空房可以住！啊那個囡囡現在過得甘好？我記得她來平溪的頭幾天攏愁眉苦臉，毋知影為蝦密臨走之前，啊就整個人突然脫胎換骨笑得有夠燦爛的啦……」

女主人拉拉雜雜聊了好一會兒，才想起應該要先帶客人上樓休息，便領著齊卜頓走上透天厝三樓的一間房內，還大致教了一下冷氣機和電視機如何操作後，就笑臉盈盈地又回到樓下的紀念品店坐鎮。

經歷了這一路上的舟車往返，齊卜頓還真的有點累了，本來還打開了電視想看個新聞，沒多久卻倒了下來呼呼大睡。在半夢半醒之中，他依舊可感覺到窗外徐徐吹送的微風，些許的涼意更讓人忍不住沉沉睡去。只不過，那一陣陣的風好像越吹越強烈，彷彿還能聽到窗簾布啪啪作響的聲音。

他緩緩睜開了眼睛，才意識到自己根本就不在那間民宿的小房間了，而是站在一大片開滿藍色鳶尾花的草原上，在繁花之中還飛滿了五顏六色的彩蝶！他回過身發現剛才那陣強烈的風，原來是來自身後一隻巨大的蝴蝶，正鼓動著翅膀愜意地飛舞著。

不，那並不完全是一隻蝴蝶，而是一名背上長著蝴蝶鱗翼的男子。

那雙散著虹彩光澤的蝶翼甚至超出他的身長，還拖著長長兩道如鳳蝶般的尾翼。男子穿著一襲交領右衽、寬衣博袖的雪白長袍，腰間還繫著一條隨風飄舞的腰帶。他的長相約莫是個中壯年的亞洲男子，脣上和下巴蓄著稀疏的髫鬚，黑髮則在頭頂上盤結挽髻，還用白色的髮巾包覆著。

彩蝶男子在繁花之間盡情地翩然起舞，根本不在乎花叢中神色倉皇的齊卜頓。他揮了揮手喊著：「喂喂～請問這是哪裡呀？我是在作夢嗎？」

「你覺得它是夢，就是夢！你覺得它是現實，就是現實！」彩蝶男子面帶微笑，輕輕揮舞著蝶翼，在空中忽上忽下地浮動著。

齊卜頓皺了皺眉：「這怎麼可能？現實中的悲歡離合令人有切身之感，夢境中的一切虛無飄渺毫不真切……」

「是嗎？你認為我這血肉之軀，在你眼中是虛無的嗎？你摸摸看圍繞在你身旁的花朵，那些葉脈紋理的質感會不真切嗎？人們每次在夢境中經歷生離死別時，不也是深切地感受到那種椎心之痛的真實感？真實到……能將他們從夢中驚醒、淚流滿面，那種感受不是真實的嗎？」

「難道，你就是魔術師口中那個叫莊周的人？」

彩蝶男子不語，只是自顧自舉起一朵如酒杯般的鳶尾花朵，滿臉愉悅地啜飲著花蜜水露。

「當虛與實，實與虛，一體兩面合而為一時，天地與我並生，萬物與我為一，方能從有限的自我發現到無限的自我；方能消卻內心的執念與對外在的依賴，自在，自得，自逍遙——不亦即夫子所言之幸福？」

齊卜頓征了兩秒，還納悶這人怎麼會知道自己正在尋找什麼？彩蝶男子又豪飲了好幾口花蜜水露，繼續揮著蝶翼與長袖飛舞著，完全是一副旁若無人、逍遙自在之姿，在開滿鳶尾花的草原上空越飛越高。

齊卜頓仰著頭大聲喊著：「這幾千年以來，你是不是已經解開自己是蝴蝶？還是人的生命謎團了？為什麼會幻化成這般半蝶半人的形體？」

「汝以此重乎？或蝶即吾，吾亦栩栩然蝶也，吾等乃生之兩面。」

當他還在思索彩蝶男子講的是什麼語言時，巨大的蝶翼瞬間颳起了一陣更強烈的颶風，滿空飄舞的藍色鳶尾花與成千上萬的各色蝴蝶，隨著強風從地面拔地而起，緩緩被捲入色彩艷麗的漩渦之中，一切就那麼規律地向上旋轉著，彷彿即將收入飄浮於半空中彩蝶男子的袖口內。

就在眼前事物被捲盡的那一瞬間，齊卜頓才發現那片原本開滿繁花的草原底下，竟然是一片深藍色的汪洋，腳下的巨浪狂潮霎時將他拖進了冰冷的海水之中，胸口、鼻腔與腦門內那股深刻的窒息感，讓他幾乎確定正真真切切地發生著。

齊卜頓使勁在混濁的海水中掙扎著，就在他終於睜開雙眼想看個清楚時，一切卻在剎那間從他眼前消散。

他又回到在平溪的民宿房間內，電視螢幕正播放著災難片「海神號」的遇難場面，海面上波濤洶湧的特殊音效震耳欲聾。他，則安然地躺在那張有點硬邦邦的雙人床上，只是胸口上竟然悠哉地趴著一隻貓，還好奇地定睛觀察著齊卜頓的臉。那是一隻全身毛色雪白的金吉拉，下垂的嘴角流露著一種裝世故的萌樣，不過在鼻側和下巴四周卻有些深色的斑紋，乍看之下宛若留著小鬍子的喵星人。

「你該不會就是剛才夢中的白衣人吧？」

齊卜頓自言自語，還小心翼翼伸出手試著想摸摸它，直到金吉拉溫柔地喵了一聲後，他才寬心輕輕地撫摸著它柔軟的長毛。他猜想這應該是民宿女主人的愛貓吧？或許是從窗外的陽台悄悄摸了進來，巡視著自己所管轄的地盤，和他這位不請自來的老先生。

他看了一眼手機已經是傍晚六點多了，窗外漸漸透著黃昏的餘暉，便起身套上了外套走下樓，還刻意避開了口水很多的女主人，省得又會被拉住耽誤時間，還好她也正忙著招呼店裡幾位挑紀念品的客人。

斜對門的那間天燈店好像已經打烊了，藍色的鐵捲門早已拉上，只開著一扇半掩的小鐵門。齊卜頓走了過去，朝裡面喊了幾聲：「老婆婆！請問老婆婆在嗎？」

店面內只有幾盞泛黃的燈光，其中兩面牆的老式貨架上整齊地排滿商品，大多是一落落摺得扁平的天燈、各色客家花布的手工藝品、琳瑯滿目的紙燈籠，天花板上還垂吊著好幾只展開的白色、橙色、粉紅色或淺藍色天燈，那些微弱的燈光就是從天燈罩內透出來的。

沒多久才有一位八、九歲的小男孩，無精打采地從昏暗中走出來：「我們沒有開店喔！」

「請問老婆婆在嗎？」齊卜頓彎下腰問道。

小男孩納悶地抓了抓臉：「老婆婆？你是說我阿嬤嗎？她已經……」

他的話都還沒說完，就被身後走出的一位中年男子打斷了，對方還非常有禮貌地問：「你好你好，你是我媽的熟客嗎？嗯……實在不好意思……她已經……不在了喔。」

「不在？那請問她什麼時候才會回來？我可以晚點再來拜訪！」

中年男子愣了一下，馬上改口：「不是的，她不會再回來了，我媽媽上個月就過世了。」

「怎麼會這樣？實在不好意思……」齊卜頓完全不知該如何應對這種場合，腦袋頓時一片空白，連節哀順變之類的話也忘了說。

「老先生找我媽有什麼事嗎？」

齊卜頓索性將囡囡的事情娓娓道來，從老婆婆協助她施放了七晚的天燈，到推薦他也應該來平溪走一趟，順便請老婆婆幫他施放一盞許願天燈。看來，那位帶給囡囡幸運的許願老婆婆，再也不可能幫得上齊卜頓了。

「這樣呀？雖然我媽走了之後，我幾乎沒有再做天燈的生意了，不過齊先生大老遠從國外跑來，如果不嫌棄的話……就讓許願老婆婆的兒子來幫你吧！喔，你叫我天耀就可以了！我們待會剛好也要到河邊去放天燈！」

齊卜頓霎時笑顏逐開：「真的嗎？實在太感謝了！」

「總之，這可能也是我最後一次幫你，畢竟我和妻子也有自己的工作室需要經營，這間祖傳的天燈店少了我媽的照料，應該很快就會頂讓給其他人經營了……」

「不！不行！阿嬤還沒有走，你根本就還沒將阿嬤的靈魂送到天上，不能就這樣把她的店賣給別人！」剛才那位小男孩突然衝了出來，紅著眼大聲喊著，還不斷捶著自己父親的大腿，然後坐在地上嚎啕大哭。

「阿國，你不要再鬧了！這樣很難看的！」天耀使勁拉著小男孩，他卻哭倒在地上怎麼也不願意起身。

小男孩聲嘶力竭地哭喊著：「阿嬤要乘著天燈上天堂，你和馬麻答應過我……要等到天燈內不再出現阿嬤的影子……已經上了天堂之後……你們才會賣掉她的店……可是她根本就還沒走！還沒走！」字字句句痛徹心扉。

「人影天燈？」齊卜頓驚訝地喃著。

天耀揉了揉太陽穴，表情非常無奈：「原來你也聽說了呀？」

他眼神空洞坐到門前的台階上，然後若有所思地說：「這個孩子從小就是我媽一手帶大的，幾乎和阿嬤天天形影不離，也跟著學習製作傳統天燈，從劈竹修竹、拉圓上架、裁紙黏合，到上蓋下框，小小年紀就出奇地手巧，完全是我媽的手藝真傳。你別看他個頭小小，周末時還會幫著阿嬤招攬觀光客，因此對阿嬤和這間天燈店有著濃厚的感情。」

「那麼老婆婆的靈魂困在天燈內，又是怎麼一回事？」齊卜頓問。

「唉，我媽過世的頭七，阿國說要親手糊一個粉紅色的天燈，將阿嬤的靈魂送上天，我當時就順著孩子的心意由他去，本來還以為如此能夠撫慰他小小的心靈，誰知道卻越搞越僵！那一晚施放時……天燈才緩緩升天沒多久，燈裡竟然浮現出一個人影，還被許多在場的觀光客拍到了，就那樣在網路上瘋傳……」

阿國抬起頭雙眼還淌著淚，卻神情認真地看著齊卜頓：「那是我阿嬤的靈魂！」隨之又刷下了豆大的淚珠，埋首在膝蓋上痛哭。

天耀嘆了一口氣：「我本來也半信半疑，還以為真的就那樣將我媽的靈魂送上天了。結果，第二個七日阿國又糊了一個天燈，上面寫著要給阿嬤看的話語，可是施放時……那個影子竟然又再度浮現！第三個七日、第四個七日……她都一再出現在天燈裡！」

「阿嬤根本就沒有升天！她知道你要將天燈店賣掉，才不願意升天！不願意升天！都是你害的……」

天耀頓時起身，將阿國拉了起來緊緊抱在懷裡，聲音顫抖地喊著：「阿國，阿嬤已經死了，不會回來了！真的不會再回來了……你不要再這樣折磨自己了好嗎？阿爸看了也很難過，我真的是不得已的呀……」

「可是，我好想念阿嬤……每次只要一想到她……一想到她的店就要沒了……這裡就會好痛好痛……」阿國緊緊摀住自己的心口，聲音沙啞地哭著。

時間與空間彷彿霎時凝結，將這一對淚眼相擁的父子圍攏著，將那止不住的痛一層一層包覆起來。

當他們三人來到附近的基隆河畔時，夜幕早已閃著滿天星斗，就像藍黑色的絲絨上撒滿著細碎的鑽石。基隆河的潺潺流水打在大大小小的石間後，又順著蜿蜒的河道緩緩流去，環繞著河谷的群山彷彿也沉默著，靜靜地凝視著那浩瀚無垠的宇宙深處。

齊卜頓將心中想告訴琳妲的話寫滿在天燈上，字裡行間充滿著思念、愛意與歉意，還有那首她親手填詞的歌曲「幸福到站，叫醒我」——

「你離開之後，我的心凝結成千年的冰原，浪花的指頭不再拍打我的海岸線；微風的氣息無法吹乾淚眶的懸崖。現在的我，是否應該去旅行？尋找能令內心底層灌滿熱帶空氣的所在，探索可將滿頭霜雪化為青絲飛舞的祕密……」

他輕聲默念著那些曾以為只是少女情懷的詞句，此時此刻才深切感受到歌詞中的傷感。

最後，在天耀的提醒下，還在許願天燈的角落簽上了自己的名字。他希望那些話語能穿越天際、穿破雲霄，穿出這片腦細胞組織所虛擬的迷離境界，將他的訊息傳達給現實世界中的琳妲與齊利。請他們耐心地等著他尋找到幸福之地，尋找到那個回到現實的破洞，尋找到那一條回家的路！

天耀把浸過煤油的幾張祈福金紙攤了開，將金紙旋轉地展開後穿在天燈內的鐵線上固定住，三個人便提起了燈頂的四個邊角，將天燈撐了開來並穩住了底部的竹圈。齊卜頓依照指示用打火機點燃了金紙的每一個角，就在天燈內逐漸充滿了熱氣後，球體開始緩緩浮動著。

當他們同時放手後，那一只暈著溫暖黃光的天燈冉冉升了起來，悠哉地飄過樹林、跨越基隆河、掠過透天厝的樓房、衝出了丘陵山脈，在萬籟俱靜的星空中遨遊著。齊卜頓學著天耀與阿國，雙手合十仰望著天際祈禱著，他的心中也默默念著——

請將我的訊息傳到外面的世界吧！

直到齊卜頓的天燈消失在遼闊的夜空後，天耀才展開了阿國親手為阿嬤糊的那只天燈，它的高度比個頭嬌小的阿國還要高，而且就像網路上的那張照片一樣，是一只用粉紅色的中宣紙糊成的天燈，上面密密麻麻的文字還穿插著許多注音符號，聽說那是阿國前一晚花了好幾個小時才寫完的，也是他送給阿嬤第五個七日的祈福天燈。

天耀重複了剛才的準備步驟，因為這只天燈比剛才那只大上許多，齊卜頓還鑽到了裡面幫著固定祈福金紙。不過，就在他蹲下身要鑽出去時，卻發現燈頂的內部有著一個肉眼不易察覺出來的東西！

他回到天燈外幫著天耀提起燈頂的四個邊角時，非常有默契地望了一眼阿國，不過什麼話也沒有說。阿國也猜到齊卜頓可能看到了些什麼，低首垂睫淡淡地抿了抿嘴角，表情依然帶著些許執拗的悲傷。

天耀唸唸有詞地點燃了祈福金紙後，天燈開始緩緩膨脹了起來，直徑至少也有三名成年人手牽手圍起來的大小，就在球體內的熱空氣完全充滿之後，他們同時放開手望著天燈逐漸飄了起來。在黑夜中透著粉紅光芒的天燈或許是體積比較大，因此升空的速度比剛才更緩慢與優雅。

他們三個人再度雙手合十仰望著天空，齊卜頓甚至聽到阿國不斷地默念著：「阿嬤再見了！我一定天天都會想妳……妳要好好照顧自己！阿國也會很乖……很聽話……」然後低下頭不斷地啜泣著。

就在天燈升空到四、五層樓的高度時，粉紅色的球體中突然浮現出一個人影，那個身影緩慢地在天燈中旋繞著，就像正在燈罩中一寸寸地摸索著出口。

天耀的雙眼睜得老大，雙唇也不由自主地微顫，面部的表情更是掙扎了許久，然後他終於大聲地對著星空喊了出來。

「媽，我對不起妳……請妳原諒我好嗎？我錯了……請妳安心地走吧！我絕對不會將妳的店面頂讓給別人！我們決定將工作室遷移到店面來，一邊接案子一邊照顧妳的生意，也會帶著阿國和玉芬搬回樓上的寓所……」

阿國的表情頓時停格了好幾秒，張著嘴驚訝地望著父親，突然衝了過去抱住天耀的大腿：「你說的是真的嗎？不是在騙我？不是在騙阿嬤吧？」

「當然是真的！我剛才在電話裡和你馬麻商量了好久，覺得那或許也是個兩全其美的好方法。」他蹲了下來，捧著阿國的臉認真地看著他，然後又是一個緊緊地擁抱：「最重要的是，我們都不想再看到你為了阿嬤和天燈店的事，繼續傷心難過下去了……」

齊卜頓也走了上前，輕輕拍了拍阿國瘦弱的肩膀，還語帶雙關地問著：「這麼看來，我猜下一個七日的天燈，阿嬤的影子應該不會再出現了吧？」

「當然不會！阿嬤剛才已經完成了她的心願，跟著粉紅色的天燈升天了！」阿國終於破涕為笑爽朗地回答著。

齊卜頓當然猜到那些天燈中的人影是怎麼一回事，這也該歸功於那位紫衣魔男的魔術所給予的啟發！他在天燈頂內發現的那個東西，應該是阿國在糊天燈時，就已經用少許蠟油浮貼於燈頂內面的一張同色系宣紙，那是一片約二十多公分的人型剪紙，因為同樣是粉紅色的宣紙又是浮貼在內壁，所以在未展開時肉眼並不易察覺。

儘管在點燃後燈頂上或許會有些許光影色差，可是大多數的人都會將目光專注在底下的火焰，或是天燈四面的紙片上！更何況阿國為阿嬤製作的那盞天燈頗高，就連成年人提著燈頂四個角時都要高舉雙臂，燈頂上就算透出些微的剪紙陰影，也完全在視線所及之上，因此並不容易露出破綻。

直到熱空氣充滿整個球體後，天燈緩緩升空之際，浮貼那片人形的蠟油漸漸溶化，再加上天燈在空中左搖右晃，人形紙片也就隨之剝落。由於整個球體內部都是向上循環的熱空氣，因此紙片並不會直接落入底下的金紙火焰中，而是隨著上昇循環的熱氣在球體內部游移，就像是紫衣魔男運用熱空氣的原理，讓輕薄的紙蝴蝶上下飛舞的魔術！

而阿國的「人影天燈」則更接近那種會自動旋轉的「走馬燈」，在熱空氣促使紙片順著內壁緩緩移動的同時，來自下方火焰的低角度光線，則會將人形紙片的陰影抽長與放大，就像是「皮影戲」所呈現的視覺，浮映出類似老婆婆的幽魂在光球內摸索的駭人畫面！

齊卜頓相信才八、九歲的阿國，不可能精準設計出如此的視覺魔術，肯定是那位許願老婆婆在教導天燈的傳統工藝時，傳授給孫子自己所獨創的天燈光影絕技！

他之所以沒有在天耀面前拆穿阿國的小計謀，是因為他認為老婆婆的天燈店後繼有人，實在不需要那麼早就打斷血脈傳承的技藝。況且以阿國對天燈的熱情與天分，齊卜頓深信終有一天他將會從阿嬤的天燈理念中，繁衍出更多不可思議的視覺創意。

幸福，有時是一種共同的美好記憶；一種共通的心靈交流，在人與人緊緊契合後所釋放出的靈犀。無論那種感覺已經多麼地遙遠與微弱，當你再度用心去體會它、發現它時，你才會意識到曾經多麼不起眼的微小事物中，原來都藏著能夠灌滿快樂能量的幸福之地，讓你宛若一盞充滿熱氣的祈福天燈，繼續勇敢地走完後面的旅程。

第七章　迴旋

橫濱港的大棧橋國際碼頭，客運大廈充滿前衛的原木建築風格，宛如停在蔚藍海灣上的科幻戰艦！這是幸福公主號旅程的最後一站，船上的乘客結束了橫濱與東京的觀光後，將搭上豪華遊輪折返回出發地白木蓮島。

這也是齊卜頓在幸福公主號的最後一站，蘇菲亞船長曾問他是否也要跟著回航，他覺得既然都已經離家那麼遠了，就該繼續堅持下去尋找到幸福之地。而且，他也沒有勇氣再回到那個空無一人的家，回到那個不知是真是假的大隱市，讓自己從此安逸地活在腦細胞組織虛構的世界。

就算真如紫衣魔男或是夢中的彩蝶男子所說的，虛與實，實與虛，只不過是一體兩面，那麼他也要找到屬於自己生命謎題的另一面，回到有琳妲與齊利的那一面！

齊卜頓並沒有與其他乘客下榻於橫濱市，或是參與那兩日的旅遊行程，而是和菲亞在港口話別後，便急著前往車站搭乘「港未來線」轉赴東京的新宿。

「探長先生，你一個人跑到人生地不熟的東京……沒問題吧？確定新宿真的會有幸福之地的線索嗎？」菲亞的表情有些擔心。

「我還有手機上的衛星導航，還不至於會迷路啦！無論新宿是否真的有線索，至少還是要放手一搏呀！就像當年我們尋找令堂時，也沒有將搜尋地點鎖定在瞎拚魔或大隱市而已，不然也不會在她最不可能出現的西岸找到人呀！」

菲亞點了點頭，依依不捨地說：「好吧，既然你堅持要跑一趟新宿，我也就不阻止你了！不過，你遇到困難時，記得隨時都可以聯絡我喔！我船上的那支電話是透過衛星網路傳訊的，無論在地球上的任何一片海域，你都找得到我啦！」

齊卜頓用力抱了抱菲亞：「這一路上多虧妳的關照了，更感謝妳將我拉出來走訪了其他城市，也讓我對後面的旅程充滿了更多信心！」

「快別那麼說！你一個人在旅途上也要好好保重，找到那個叫幸福的地方後要讓我知道喔！」

菲亞掂著腳在碼頭上不斷地揮手，就那樣看著他的背影逐漸遠去。

齊卜頓從橫濱港出關後，很順利就在港口附近的車站搭上了港未來線，他依照菲亞為他搜尋到的路線圖，確定將從東急東橫線再轉乘山手線，就可抵達東京的新宿車站。

他之所以執意要奔赴那個車站，是因為一張奇怪的海報！

前兩天，他在平溪和天耀及阿國閒聊時，提及了正在尋找幸福之地的原委後，天耀想了一想突然喊了出來：「這地名好耳熟呀！幸福之地……啊，會不會就是日文的『幸せな土地』？」

稍微懂一些日語的天耀說著：「我前兩個月帶著妻子和阿國到東京旅遊時，曾經在新宿車站西口或南口之間，見過一張非常特別的海報，上面只有一行日文字，翻譯成中文應該是——你在尋找幸福之地嗎？然後整張銀色的海報並沒有其他文字和圖片。」

阿國也搭腔：「喔，就是那一張『看見自己』的奇怪海報！」

「看見自己的海報？」齊卜頓納悶地重複了那句話。

當時，他並不是挺瞭解那對父子的描述，不過還是決定會去尋找他們口中的那一張海報，反正日本剛好就是幸福公主號的終點站，或許他真能在那座城市尋找到什麼關於幸福的線索？

他坐在東急東橫線的列車上，看著飛馳而過的神奈川縣街道與民房，沿途充滿了一種靜謐的純樸感，最讓他驚訝的是好些獨棟獨戶的民房，每隔一段路就穿插著小型的日式墓園，有的房屋就與墓碑彼鄰而居，有些洋房則根本位於大小墓碑之間，不禁讓齊卜頓嘖嘖稱奇。或許，在這個國度裡生者與死者是平等地存在吧？也許是那種出於對死亡的尊重，才讓人們的內心無畏無懼了。

他在澀谷站轉搭山手線時，剛好是通勤族們的返家時段，看著才短短的三個站點人潮卻川流不息地進進出出。他的胸前依然掛著那一張紙板，只不過這座城市的民眾彷彿對裝扮特殊或穿戴怪異的乘客，早已有見怪不怪的免疫能力了，並沒有人對他投以莫名其妙的眼光，或是大膽上前與他攀談幾句。

大家只是低頭靜默地盯著自己的手機畫面，唯一會動的時候就是刷幾下觸控螢幕。

當列車抵達新宿車站時，他著實費了一番功夫才擠出車門外，還好在這裡處處都有日英對照的指示牌與位置圖，才讓他輕易地找到了車站的西面出口。他走了出去在西口和南口之間左顧右盼，尋找天耀口中那片不是很起眼的布告欄，心中還有點擔心都已經過了兩個月，那張海報會不會早已撕掉？或是被其他告示給覆蓋起來了？

他在沿途看到幾面不同功能的大小布告欄，直到在某一棟樓矮叢旁的牆面上發現有些微弱地反光後，才駐足盯著那一面牆。因為，上面正有一張銀色的海報，光滑的紙面上還倒映著周遭的霓虹與路過的車燈。

嚴格來說它並不算是銀色，而是一種銀箔紙材質的招貼海報，雖然上面已經沾了一些手印或污漬，卻依然如一片模糊的鏡面輝映著前後左右的朦朧街景。海報的下方的確只有一行粉紅色的日文大標題，應該就如天耀所說的寫著：「你在尋找幸福之地嗎？」

齊卜頓凝視著那一行字，完全無法理解這一張海報的用意，他的視線緩緩往上移，隱約看見銀箔鏡面中倒映著自己的上半身，和他那張充滿倦容的臉孔，以及身後的車來人往。

那一句話所問的對象彷彿就是鏡中的他，或是任何一位站在這張海報前的陌生人。

天色已經漸漸暗了下來，牆面周遭的光線也不是那麼明亮，他更靠近地站到海報前，幾乎快將臉貼到鏡面前端詳著，才發現海報上的字體有玄機！

原來偌大的標題字中並不是單純的粉紅色油墨，而是每個字體中都排滿了密密麻麻粉紅色的小字，分別有日文、英文、中文和韓文的說明，還有地址、電話、官網與聯絡方式。只是，過往的行人如果僅是匆忙一瞥，也就只看得到那幾個斗大的粉紅色標題。

齊卜頓掏出口袋中一張沒用的購物收據，在背面抄下了海報上的地址、電話及相關資料。他查了一下手機的衛星導航後，確定可以在新宿站西口搭上大江戶線的地鐵，就可以抵達說明文中所提到的那個——「快樂地」。

黃昏，如桌布上打翻而暈染開的柳橙汁，將新宿清透的天空鋪上或黃或橘的晚霞，就連幾條街外「Mode 學園蟲繭大廈」的子彈型網狀建築物，也泛著溫暖的暈黃色澤。

時間，對這座城市的人們彷彿永遠不夠用，他們總是神色匆忙地從他身畔掠過，快速地進出超級商店、快速地瀏覽著手中的手機、快速地湧出各個地鐵站的出口，快速地完成人生中的一切一切，宛若時時刻刻都在趕著路回家。

沒有任何擦身而過的行人，留意到他身上掛的那張紙板，或是回頭駐足攀談。

他在一間日本丼飯的連鎖餐店內，花了二十多分鐘草草解決著晚餐，卻發現進進出出的上班族們，平均只花了八分鐘就解決完一餐，當他慢條斯理享用完那碗色香味俱全的三色起司牛丼飯時，旁邊的幾張餐桌早已翻桌換過兩、三批食客了。他再度感受到那種將二十四小時當成四十八小時過的快轉人生，就像每一分每一秒都不容許自己輕易蹉跎。

齊卜頓走出簡餐店後環顧著四周，希望尋找到一處可以下榻的旅店，還好走沒幾步就發現傳說中日本特有的「膠囊旅館」！他盯著門口燈箱上的內部設施照片，有單獨的房間與電視、有蒸汽房和大浴場、有網咖與餐廳，索性就將胸前的紙板收了起來，提著隨身行李走進了窗明几淨的前廳櫃台。

當荷琳姐和他在旅遊頻道上見識了這種特殊旅店時，她還曾經笑著說：「真想不透，為什麼還活生生的人，就希望自己睡在像停屍間一格一格的冷凍櫃內？我才不想睡在那種格子裡呢！」

「不會呀？東京這種大都市本來就是寸土寸金，能如此將空間物盡其用也算是一種巧思啦！」他記得當時是如此回答。

諷刺的是，如今琳姐已早他一步經歷了那種一格一格的冷凍櫃，自己卻來到了這個陌生的城市，孤獨地坐在這為活人所設計的寂寞格子中。狹窄的睡房空間雖然無法站起身、無法將雙臂平舉，也如蜂巢般上下左右都有其他的格子、其他的人，不過倒也還是麻雀雖小五臟俱全。

他調亮了牆面上的壁燈，打開了懸吊在天花板上的平板電視，將手機插到一旁的USB插孔充電，才終於躺了下來，從小禮帽的夾層中抽出了琳姐的照片。那是一張三十多年前的照片，當時齊利才剛剛出世，琳姐抱著懷中的心頭肉露出了燦爛的笑容，彷彿幾個月前與唱片公司的解約或官司，種種的不愉快早已煙消雲散，因為孩子已成為她繼續走下去的動力。

恍惚之間，齊卜頓彷彿看見照片中的琳姐低下頭，正溫柔地搖著手中的小嬰兒，還從身旁取出一條背帶緩緩將齊利背到身後，一邊調整著胸前打的結，一邊上下左右輕晃著身子。

然後，她走進廚房的流理台，在幾塊麵糰上撒了些麵粉後，開始使勁地揉著它們，身子也隨著揉麵的律動搖著背上的兒子。廚房的烤箱內飄出濃郁的果香與奶油香，齊卜頓聞得出來那是琳姐最拿手的烤蘋果派，餐桌上還散著幾口長型的烘焙模具，她應該正揉著待會要烘焙的全麥吐司麵包吧！

齊卜頓忍不住移動了身子，慢慢靠近了琳姐的身側，他多麼懷念這種感覺，多麼渴望再次細細端詳她的一顰一笑。當他走近時才發現，原來琳姐的雙唇正上下開合著，就像正在哼著什麼歌曲，身子的起伏彷彿也隨拍子搖著漸漸沉睡的兒子。

可是，齊卜頓卻什麼也聽不見，他可以聽到瓦斯爐上水壺中的沸滾聲，可以聽到落地烤箱內風扇運作的聲音，可以聽到客廳中隱約傳來電視機的笑鬧聲，也可以聽到總是淺眠的兒子偶爾發出的呢喃聲……卻怎麼也聽不見琳姐口中的歌聲。

難道，他走進了齊利曾經提及的那個夢境中？

就在他思索的同時，原本還低著頭自顧自揉麵的琳姐，竟然緩緩偏過頭側著臉望向他，不過並不像齊利的夢境那般——睜著空洞的雙眼與嘴脣。她反而露出一種如沐春風的笑容，就那麼溫柔地凝視著齊卜頓，隨之輕輕地伸出手撫摸了他的臉頰。

他可以感覺到琳姐手掌的溫度，她手中沾著些許麵粉的質感，和淡淡的酵母粉味道，淚水如流星般毫無自覺地從齊卜頓的雙眼劃落。

琳妲用指頭拭著他的眼淚：「不要再尋找我了，祂們已經將我的聲音還給我，你不需要尋找我了……」

「不，我想回到過去的生活……想要重新再來一遍……想再次回到妳的身邊……」齊卜頓望著琳妲不斷搖著頭。

「老伴，你必須要消卻內心的執念，要放下對外在的依賴，那麼雙眼就會明亮通透，看見你想要尋找的東西。你要尋找的是幸福，並不是我，我已不再是那個能給你幸福的使者了。」

他睜著不解的雙眼，完全無法理解琳妲話語中的含意。

「記住了嗎？消卻內心的執念，放下外在的依賴，你就會看到身旁的幸福了……」

齊卜頓看著廚房的一景一物逐漸暗了下來，琳妲也在黑暗中如道別般緩緩揮著手，然後身影被越拉越遠消失在漆黑之中。他不斷地向前跑，不斷地喊著她，更不斷地跌跪在地上，卻始終喚不回早已消失的身影。

遠處隱約浮出一只如球賽中的數位計時器，鮮紅色的數字正倒數著6、5、4、3、2、1……最後靜止在0的畫面上，彷彿代表著他與琳妲在世間的緣分已盡，時光也不可能會倒流了。

他用力地喊了出來，就像想將內心的悲傷與痛苦一股腦兒全喊出來！計時器頓時發出如球賽終場般的鳴笛聲，宛如正與他的呼喊聲對峙著，當他霎時從夢中驚醒後，才發現原來是自己手機所設的鬧鐘響鈴，而他依然躺在膠囊旅館的小格子內。也許是睡房中乾燥的空調，或是睡夢時淚水乾了又流、流了又乾，令他覺得臉上猶如被蠶絲層層繭住了……

消卻內心的執念，放下外在的依賴，你就會看到身旁的幸福了？

他慢條斯理起身整理著被單，腦中也閃過琳姐要他記住的那幾句話，好像也曾經有其他人說過類似的話語？是那位彩蝶男子嗎？為什麼他們都在夢中提點相同的事情？

經過一番梳洗打理後，齊卜頓退了房離開那間膠囊旅館，也在新宿站西口順利搭上了大江戶線地鐵，乘了十多站後才抵達江東區附近。他在地鐵站大廳的地圖上確定了目的地的位置，大約走了十多分鐘後，就找到那個叫「快樂地」的地點。

那地名，原來是一間有點年代的小型遊樂園。

他在門可羅雀的售票亭前買了一張入場券，坐在亭內的是一名打扮與家庭主婦無異的歐巴桑，當她顫抖的手將票券遞給齊卜頓時，還露出一種心存感激的卑微表情，反而讓他感到非常的不自在。

遊樂園內的設施其實還頗具規模，對這小城小鎮來說稱得上是應有盡有，從摩天輪、海盜船、過山車、八爪魚、旋轉木馬、雲霄飛車……樣樣不缺。只是許多遊樂設備幾乎是靜止著，並沒有多少人排隊等候，可能是因為地理位置稍微偏遠，或是兒童與年輕人早已轉往更酷炫，又時常推陳出新的東京迪士尼樂園了吧？

不過，園區中央的旋轉木馬倒是一支獨秀，竟然是唯一有遊客駐足排隊的設備，而且排隊的人並非都是孩童，反而占大多數是青少年、中年人，甚至是老夫老妻們，有些人才剛剛坐完後，又會跑到長長的人龍之後繼續排隊。

齊卜頓有些納悶，順勢坐在一旁的長凳上休息。這種陽光絢暖的午后，總令人有種昏昏欲睡的舒適感，他將隨身皮箱放在大腿上，又從口袋中拿出那張摺了兩三折的紙板，展開後又掛上了胸前。

他不是很肯定地問自己，會是這裡嗎？這座宛若上個世紀初留存下的古董遊樂園，會是他尋找的幸福之地嗎？他試著讓自己小憩一會兒，等待著某個能將他從迷離境界中叫醒的人，或是某種能讓他穿越時空的神奇異象出現。

雖然，他靠在椅背上閉目養神，仍隱約可聽到排隊人群的交談聲，而且不同的人彷彿閒聊的都是同一件事情。

「我從小到大玩過這座旋轉木馬至少不下百次，每次都是轉到第十二圈就停了呀！根本沒有聽說過會轉超過十三圈？」一位二十出頭的運動型男子滿臉狐疑地說著。

他身旁那位應該是女朋友，有點大驚小怪地回答：「你是多久沒回老家了？連我都聽說你們這個町的遊樂園中，有一座可以看到異世界景象的旋轉木馬，不過只在旋轉超過第十三圈後，搭乘的遊客才會目睹到不同的景象。」

「不同的景象？是平行世界嗎？還是會見到鬼呀！」另一位長相秀氣的男子嚷了一聲。

「才不是呢！好像每個人所見到的都不同，有些人看到已經過世多年的長輩、有些人看到未來的結婚對象、有些人看到二十年後的自己，還有些人看到得獎彩券的號碼……總之，大家所見到的都不同啦！」

運動型男子皺了皺眉問：「妳又是從哪聽來的小道消息？」

「唉喲，Instagram 上好多人都在討論呀！不然你們以為怎麼會有那麼多人，只在這座旋轉木馬前排隊？我還聽說剛才售票亭內的歐巴桑，就是已過世遊樂園老闊的妻子呢！大家都說肯定是往生的老先生不放心自己走了後，遊樂園的生意會入不敷出無法養活妻兒，靈魂才會守護著這座旋轉木馬，三不五時展現第十三圈後的奇蹟。」

「喔！這種網上的謠傳妳也相信？」秀氣男子嗤了一聲，倒還是乖乖地排著隊。

坐在一旁的齊卜頓睜開了眼睛，緩緩將視線移往右前方的旋轉木馬。

那是一座有帳篷尖頂的傳統式旋轉木馬，藍紫色與桃紅色條紋的帳篷邊緣，有著一圈閃著金光的圓形與橢圓形裝飾鏡面，轉盤中央則有充滿歐風花紋的鍍金圓柱，上面也鑲著四、五面更巨大的鏡面。轉盤上則有十多匹不同色彩與斑紋的馬兒，內側還穿插著幾頭粉藍色的飛馬與粉紅色的獨角獸。

鍍金色的圓柱上有一扇窄小的門，內部或許是控制室或機械房吧？每當旋轉木馬的轉盤停止後，都會有一位年約三十多歲的鳳眼男子從門內走出來，仔細檢查著下一批乘客是否都坐穩了，坐在有安全措施位置的乘客是否都繫上了安全帶，轉盤上是否完全淨空沒有人站著……種種安全規定。然後，才會回到那間小機房關上門，啟動旋轉木馬的轉盤、音樂與聲光。

齊卜頓覺得那首背景音樂非常熟悉，雖然只是如音樂盒般用金屬梳齒彈撥金屬片的單調樂聲，可是旋律卻非常的耳熟。他想了半天才記起來，那好像是美國老牌歌手巴布・狄倫在六〇年代唱過的一首歌，不過卻怎麼也記不得歌名叫什麼？

那一座如古董般的旋轉木馬儘管看起來有些陳舊，倒還是增添了一些現代感的夢幻元素，除了天花板上五顏六色的瑰麗色光，還三不五時會噴出如乾冰般的香氛水霧。木馬上的孩童們也隨著水霧歡樂地高喊著，是草莓或是香草的氣味，然後紛紛仰著頭伸出了小舌頭，彷彿將霧氣想像成棉花糖。

他相信每一位在木馬上，或是在欄杆外排隊的大人們，心中所想的應該跟他一樣，正屏息凝神默默數著轉盤旋轉的次數。直到旋轉木馬在第十二圈就停下來時，有些人才面露失望又繼續和同伴們交談著。彷彿每一個人都在期待「第十三圈後的奇蹟」，會降臨在自己身上！

那種詭異的氣氛與內心強烈的好奇心，驅使齊卜頓起身走到販賣機前買了幾張代幣票券，也排進了長長的隊伍之中。他非常納悶要是讓他碰上那個第十三圈後的奇蹟，所看到的又會是什麼？是琳姐？是幸福之地？還是在另一頭的現實世界？

齊卜頓在人龍中等了將近二十多分鐘，才輪到他搭上旋轉木馬，與他同一批的十多人中有孩童也有年輕人，他環視著那些色彩繽紛的馬匹，很快地就爬上內側那匹比較高大的粉紅色獨角獸背上。同樣的，鍍金色圓柱的小門又走出那位鳳眼男子，他在轉盤上走了一圈確認每個人都就定位後，才回到那間小小的機房內，再度關上了門。

不過，當鳳眼男子從齊卜頓身邊掠過時，他卻發現對方不知為何露出一抹失望或厭倦的神情？

當轉盤終於開始轉動時，每一匹鮮艷的木馬也跟著規律的上下浮動著，如夢似幻的燈光、音樂盒般的雋永樂聲，與香味四溢的水霧，讓許多小朋友都高興得合不攏嘴。對齊卜頓這把年紀來說，玩旋轉木馬還真會有些頭暈目眩，他只好半瞇著眼睛，鎖定場外的某個建築物當標記，如此每看到一次就默數著一圈、兩圈、三圈……

他一邊數著一邊聽著擴音器中那陣熟悉的旋律，腦中的某些記憶彷彿就快甦醒，或許隨時都可能記起歌詞跟著琅琅上口。可是，轉盤卻在第十二圈時又緩緩停了下來，他不但沒有記起那陣旋律的歌詞，也沒有發生任何傳說中的奇蹟。

一旁的幾位少年與少女不約而同發出失望的嘆息聲，倒還是很快又恢復了七嘴八舌的歡笑。齊卜頓下了轉盤後，馬上跑到一旁的代幣販賣機，又捲入好幾張日幣看著一長條布滿格狀的代幣票券，如吐舌般從出票口慢慢地滑出。他一把撕了下來，又匆匆回到隊伍的最後方排隊。

就那樣，他花了兩個多小時反覆乘坐了那座旋轉木馬四次，只是每一次都在第十二圈時轉盤就停了下來，齊卜頓開始懷疑難道「第十三圈後的奇蹟」只是網路上的惡作劇？他望了望手中最後四格代幣票券，剛好也只夠再搭乘一次，遂決定乾脆就來個最後一趟！反正時間也差不多了，他應該可以離開這個叫「快樂地」的遊樂園了。

在旋轉木馬前排隊的人群已不如剛才那麼多，或許已經是接近黃昏的晚餐時間了，大多數的孩童與家長們都離開了遊樂園，園區內只剩下三三兩兩的青少年或情侶們，與他一同踏上轉盤的乘客們，也完全沒有任何兒童或喧鬧聲。

這是齊卜頓的第六趟，依舊選擇了內側那一匹飄著粉紅色馬鬃，色彩宛若初熟蜜桃的獨角獸，就連牠頭頂上那支長長的螺旋角，也是閃閃發亮的珠光粉紅色！

鍍金色圓柱的小門再度走出那位鳳眼男子，他確認了每位乘客都坐定後，就迅速回到那間機房內。這一次，他並沒有像前幾次那種莫名失望或厭倦的表情，反而是面帶笑容、腳步輕快地走進那一扇門。

難道他不喜歡小孩子？前幾趟那種異常的神情，是因為受不了孩童們的鬼吼鬼叫嗎？

旋轉木馬的轉盤又啟動了，千篇一律的色光、音樂與香氛水霧循環著，只不過席間少了孩童們興奮的歡笑與尖叫聲。齊卜頓依舊瞇著眼鎖定了轉盤外的一個目標，心中默數著旋轉的圈數。

當他才數到第五圈時，突然覺得獨角獸長長的粉紅鬃毛，竟然在他眼前飄動了幾下！他揉了揉眼皮睜大雙眼，還用手摸了摸那匹聚酯樹脂塑形的獨角獸，一體成形的硬塑料馬鬃怎麼可能會飄動？

正當他還在說服自己肯定是眼花時，獨角獸的前肢與上身突然躍了起來！牠優雅地在轉盤走道上如脫韁野馬般奔跑著，不但衝出了旋轉木馬的台座，還馬不停蹄奔出了那座遊樂園，然後蹬了一下後蹄飛馳進霞光滿天的空中！獨角獸蜜桃色的馬鬃在風中飛揚著，在天邊劃出了一道如彗星般的光芒，最後才衝入橙黃的雲層中！

就在那一瞬間，齊卜頓看到雲端上有一棟宛若醫院的建築物，獨角獸悠哉地飛到其中一扇窗前，就那麼上下起伏地飄浮在窗外，齊卜頓睜著無法相信的雙眼看著窗內。

因為，他看到自己正躺在一張被儀器圍繞的病床上，不同的儀表板亮著不同大小的螢幕，還紛紛閃著或紅或綠的指示燈。他看到朝思暮想的妻子與兒子圍坐一旁，他們的身後還站著柯泰隆市長、警察廳的同事、雲姐與琳姐的姊妹淘們……

「讓我下去，快讓我下去！我要回到那個世界……那個世界！」

齊卜頓大聲喊著，還不自覺地緊緊揪住獨角獸蜜桃色的鬃毛。

牠如野馬般踢了兩下後蹄，在雲端之間騰躍了好幾下，完全沒打算要讓齊卜頓跳進那扇窗內，甚至還不斷想掙脫被緊揪住的馬鬃。

齊卜頓苦苦哀求著：「求求你，讓我回去吧……」他甚至感覺自己滾燙的淚水，正一滴滴落在牠粉紅色的毛皮上。

獨角獸發出了悠揚的馬嘶聲，再度奮力地甩尾一躍，終於將他從背上抖了下來！

他就那麼面朝天墜入層層的雲霧中，穿破了雲層後又回到了無垠的藍天之間。他依稀可聽見那座旋轉木馬播放的音樂盒旋律，霎時跟著喃起那段旋律的幾句歌詞——

「當你試著想回家，它們將讓你飄飄欲仙！而當你獨自一人時，它們將讓你飄飄欲仙！但是我不會感到那麼孤單，每個人都必須飄飄欲仙，每個人都必須飄飄欲仙……」

WAKE ME
UP AT
HAPPYLAND

就在他即將墜落在遊樂園的廣場前，他記起那陣旋律的確是六〇年代時，巴布・狄倫唱過的一首極具爭議的歌曲「多雨日的女子（Rainy Day Women #12 & 35）」，而旋轉木馬在運作時不斷重複循環的主旋律，就是該曲間奏時那幾句禁忌的歌詞！

他宛如自由落體般摔在遊樂園內，可是並沒有跌得支離破碎、粉身碎骨，因為就在他接觸地面的那一剎那，柏油路面竟然猶如一張柔軟的彈簧床，將他的身軀輕柔地收了進去，又緩緩把他反彈了四、五下，他完全毫髮無傷地端坐在地上。

齊卜頓那種如警犬般的直覺迅速覺醒。

當他環顧周遭的人群時才發現，那十多位與他一同搭乘旋轉木馬的男男女女，全都東倒西歪走下了轉盤。有些人的臉上浮起傻楞楞地滿足笑容，有些人露出了喜極而泣的表情，更有些人像一灘爛泥倒在欄杆旁。

「怎麼會這樣子？竟然轉了三十多圈！」一名仍在排隊的年輕人驚呼了出來。

齊卜頓身旁一位緩緩爬起身的年輕男子，臉上泛著一種空洞的笑容，口齒不是挺清晰地向同伴們喃著：「我看到了，我終於看到……當年出國留學後就和我分手的初戀情人……她回來看我了……」

「第十三圈後的奇蹟是真的……我見到已經變成美麗仙女的外婆了！她還告訴我一定能申請到理想的大學！」另一位高中生樣貌的女孩也淚眼婆娑地說著。

還有一位中年男子趴跪在地上，不斷輕聲喃著某個女性名字，還有氣無力地喊著：「謝謝妳……謝謝妳原諒了我……」

原本在售票亭內的歐巴桑也聞訊跑來，還在那十多位遊客之間團團轉地安撫著，她手足無措質問著那名鳳眼男子：「悠太，這到底是怎麼一回事？怎麼客人都倒在地上了？」

「我也不知道呀？機房的自動系統根本停不下來，我手忙腳亂按了緊急停止鈕，才總算讓轉盤停了下來。」那名叫悠太的鳳眼男子一臉無辜，只是眼神卻飄忽游移。

「又是機械失靈？我都跟你們父子說過多少次，這座老古董早就應該淘汰了！怎麼你老爸都過世大半年了，你還和他同一個鼻孔出氣？為什麼不關掉這座旋轉木馬呀！」

「唉呀……媽，妳先回售票亭吧！這裡我來處理就好，妳看客人也都沒有在抱怨，我想大家應該待會就沒事了啦！」

那位歐巴桑並沒有理睬兒子的建議，依然畢恭畢敬地向每一位遊客哈腰賠不是。當她走到齊卜頓跟前時，或許直覺認定他不是日本人，馬上改口用簡單的英語道歉著：「對不起，剛剛機械室出了一點小狀況，實在不好意思讓客人您受驚了！」

儘管齊卜頓的腦袋還有些恍惚，卻抓住那位歐巴桑的手低聲地說：「我們都被下藥了！」

那位歐巴桑的表情怔了怔，看起來並沒有聽懂齊卜頓的話，但是站在她身旁的悠太，雙眼卻頓時張得老大，還馬上彎腰順勢將他扶到一旁的座椅上。

悠太的口中還以英語參雜著日語喃著：「非常抱歉！讓您老人家受到驚嚇了，一定是剛才長時間的旋轉讓你還頭暈眼花，你先坐下來休息一會兒，待會應該就會沒事了。」

齊卜頓在大隱市警察廳服務了幾十年，當然分得出什麼是外在造成的昏頭轉向，什麼又是生理上的「飄飄欲仙」！剛才的那種感覺根本就是麻藥的症狀！就像是動手術時那種吸入式的面罩麻醉，讓他們在瞬間被麻痺了。他想了想，不！更可能是某種含有『精神活性物質』的藥物，才會讓每一位乘客呈現出精神鬆弛，甚至進入一種知覺感官被放大的幻覺中！

那麼，剛才那匹飛翔的粉紅色獨角獸，在雲端中的醫院與病房，還有圍繞在他病床邊的親朋好友，甚至是飛入雲層或墜入彈簧床地面的畫面，全都是自己心之所想而被投射放大的幻覺……

就在悠太和歐巴桑攙扶著齊卜頓時，他眼神銳利地斜睨著悠太：「你肯定是盼了一個下午，才終於等到沒有孩童搭乘旋轉木馬的時間點，來展現所謂的『第十三圈後的奇蹟』吧？你當然不想對那些小朋友下迷藥，因為被你鎖定能在網路上散發遊樂園奇蹟的，就只是我們這些成年人！」

「悠太！什麼是第十三圈後的奇蹟？你下了什麼迷藥？為什麼我都不知道！」那位歐巴桑丈二金剛摸不著頭腦，著急地抓住了兒子的手腕不斷地搖著。

悠太的鳳眼眯得更小，卻什麼話也不敢說。

「是四氫大麻酚之類的藥品吧？畢竟一般遊樂園中降溫用的水霧機，都是單純使用自來水而已，你會加入香氛只是想掩蓋……有機溶液溶解四氫大麻酚後的氣味吧？當然水霧機的主水槽內裝的還是一般的水，你應該只在備用水槽內添加了那種精神活性物質！然後伺機等待一批沒有孩童的乘客時，才啟用了水霧機的備用水槽……」

「悠太！你……這是真的嗎？」歐巴桑的表情微慍。

齊卜頓的不適感全消，思路也逐漸通透：「小孩子對你來說完全沒有利用價值，你的目的是要讓我們這些大人見證奇蹟，進而在社群網站上大肆宣傳這一座旋轉木馬、這一個遊樂園！儘管你只投放了微量成分，充其量只會讓乘客出現十多分鐘的幻覺，不過那就是你想達到的效果吧！」

悠太的臉色扭曲，卻不甘示弱地問：「為什麼？為什麼你會知道？」

「旋轉木馬所播放那陣音樂盒的旋律，露餡了！你或許認為這年頭沒有多少年輕人聽過巴布・狄倫那首冷門的歌曲吧？不過，我卻清楚記得當年副歌的那句歌詞——『每個人都必須飄飄欲仙！每個人都必須飄飄欲仙！』（Everybody Must Get Stoned）』，也就是你不斷重複的那陣旋律，透露了你下迷藥時的狂妄！」

那位歐巴桑緊緊扣住了悠太的手腕：「為什麼你要做出這種骯髒事，為什麼？難怪這陣子會有那麼多人買票進場，還指名只要搭乘旋轉木馬而已，原來全都是你搞出來的！」她那綻滿魚尾紋的雙眼霎時溢滿淚水。

悠太紅著眼喊了出來：「為什麼！為什麼！這妳還需要問嗎？我們已經快付不出這塊地的貸款！付不出員工的薪水！付不出遊樂器材的維修費……很快就要關門大吉了！我怎麼忍心看到妳和老爸胼手胝足的心血，就快要變成乏人問津的荒廢樂園……我不忍心……只能走下下策！」

「不，就算是再窮再苦，我也不容許你做出這種傷天害理的事情！你看看這些搖搖欲墜的老古董，每天早上一開始售票時我就會膽顫心驚，深怕任何一座遊樂設施會出意外。它們已經跟著我們家快四十年了，應該讓它們退休了……就像我一樣……也該退休好好休息了，為什麼你不明白？」

歐巴桑掏出了手帕擦了擦眼袋上的淚痕：「就算，我們一家三口曾經為這間遊樂園付出過，也擁有許多美好、幸福與快樂的回憶，但是該是時候放手時……我們就該急流勇退呀！你後面還有好長好長的路要走，媽媽不希望你將人生浪費在這個差不多該淘汰的遊樂園中，好嗎？」

她將兒子拉到懷中緊緊地擁抱著，母子倆杵在廣場角落默默地哭泣。

良久，悠太才拿出手機按了三個鍵，隔了幾秒後便嗓音乾澀地說：「你好，我要自首……是的，因為……我人在快樂地遊樂園……」

那位老母親握著兒子的手不經意地揪了一下，不過還是輕輕地點了點頭，擠出了一個肯定的笑容。她順勢將頭倚在悠太的手臂上，然後偷偷地又流下了兩行淚水。

齊卜頓悄悄提起了公園座椅上的隨身行李，將那一張寫著「幸福到站，叫醒我」的紙板摺了兩三折後，插進外套下襬的口袋中，轉身默默地離開了廣場，也走出了那一座他以為是幸福之地的遊樂園。

他突然覺得在這趟尋找幸福的旅途上，所路過的每一個站點、遇見的每一個人、聽聞過的每一件事，已經不再只是為了自己而遠行，彷彿冥冥之中有一種力量正安排著他，看見幸福到底為何物？令他開始感到自己好像並不是那麼不幸……

幸福，有時會在我們學會何時放手、如何放手之際出現，它總是在雨過天青後宛如溫暖的和風接踵而至。當我們學會消除內心的執念、放下外在的依賴與牽絆，與那個不完美的自己或境遇和解後，或許幸福就更容易「趁虛而入」了！

第八章　狂歡

巴西，里約熱內盧。

這是一個充滿魔幻、歡樂與瘋狂的節日慶典，綿延幾公里的街道與看台上，坐滿了成千上萬來自全球各地的觀眾們，每個人都不約而同揮舞著雙手，或是隨著現場的歌聲與旋律高聲歡唱與盡情搖擺著。

夜空中掠過好幾頂拖著螢光流瀉的拖曳傘，幾位身上鑲滿霓虹燈管的男子們緩緩降落在寬闊的遊行走道後，一場場令人驚艷與驚訝的巴西狂歡節（Mardi Gras）遊行隨之展開！

一輛輛華麗的巨型花車招搖過市，領頭出場的是一座巨大的發光白頭鷹，電動的軀體正揮舞著閃爍雷電光火的龐然巨翅，還不時仰天呼嘯著！圍繞在白頭鷹花車的塔狀舞台上，則站滿幾百名穿著如歐洲宮廷大蓬裙的舞者，白色的裙面還透著一閃一閃的淺藍色燈光，宛如飛舞的白色梔子花優雅地旋轉著。

在遊行隊伍中陸續出現了金黃色的九頭龍、伸著巨舌的三首地獄犬、拖著箭形長尾的紅色惡魔，與全身被綁滿麻繩的巨大格列佛，以及馬雅太陽圖騰的骷髏神象，還有充滿夢幻色彩的迷霧森林……

穿著華麗舞台裝的森巴舞者們，有些正站在層層疊疊的超大型移動舞台上熱舞；有些則在花車水池的水柱上漂浮著；也有些是在遊行大道上搖曳著如孔雀般地扇形尾翼，使出混身解數賣力跳著森巴舞。

一座座幾層樓高的壯觀舞台上，不時出現各種主題的大型電動巨獸，有神話、童話或夢幻的華麗造景，早已讓現場的觀眾們陷入如痴如醉的瘋狂狀態！

齊卜頓置身於萬頭鑽動的觀眾席上，跟著群眾們興高采烈地搖頭晃腦，也睜著驚訝的雙眼觀賞著花團錦簇的狂歡節遊行隊伍，幾乎已忘了自己來到這座城市的初衷。他身旁各種膚色的男男女女隨著音樂舉起手整齊地擺動著，雙腳則跟著旋律踏著森巴的細碎舞步，就連小男孩與小女孩們也都有板有眼地手足舞蹈著！

他的跟前有一名穿著酒紅色連身褲的小女孩，看起來大約只有十歲左右，雖然她跳起舞來同手同腳，看起來有點肢體不平衡的模樣，不過依然很賣力地與其他小朋友一起搖擺著。小女孩的身後有一位二十出頭的女子，看起來應該是母親或長姐，不時低下頭關注著她的一舉一動，還隱約露出一抹憐愛的神情。

熱鬧的遊行隊伍中出現了一艘金黃色的古老帆船，上方還站著許多海盜裝扮的舞者，正隨著左右搖擺的船身在甲板上掙扎或盪著繩索。那艘帆船的外側有一座長著金黃色魚尾的巨大男性雕像，正舉起了手中的三叉戟用力甩著電動魚尾，彷彿正要將搖晃的船身

翻覆。雕像的臉上蓄滿了捲曲的長鬍子，看起來應該是希臘神話中的海神波塞頓。

「那是我媽咪！那是我媽咪！」連身褲小女孩大聲喊了出來，還指著波塞頓雕像的頭頂。

其他幾位小朋友也朝著那方向望去，不約而同地嚷著：「馬菈的媽媽好漂亮喔！好像電視上的明星耶！」

就在那座巨大的波塞頓雕像的頭頂上，正站著一名身穿金黃色戰袍的女子，如盔甲的頭頂上散著火紅色的鬃毛，剪裁合身的馬甲與長靴上也布滿了金色亮片。她隨著群唱的歌聲優雅地跳著森巴舞，就在旋律最高潮時緩緩展開了身後一雙兩米長的紅色翅膀，旋即被鋼索懸吊在半空中飄浮著，然後引領著波塞頓更使勁地將那艘帆船翻覆！

她的美，帶著點霜雪冰凝的冷傲，不畏不俱地在舞台上空盤旋，閃著金光的高跟長靴依然在空中跳著如戰舞般的森巴！

齊卜頓仰著頭望著那如史詩般的場面，很難想像這個脫胎自天主教「聖灰星期三」到復活節前四十日的「謝肉祭」遊行，如今已是充滿科技與聲光效果的浩大場面，他慶幸自己並沒有錯過這個眾人口中，臨終前不容錯過的嘉年華會之一。

他已經忘記自己離開白木蓮島多少個月了？

旅程中的四季變幻，更讓他無從察覺已過了多少個春夏秋冬？他隨著心中指南針的引導，跨越了日本海到過韓國的首爾；橫渡了黃海去過中國的大連、天津與內蒙；也在蒙古目睹過成吉思汗的草原漠地；更在俄羅斯的列車上橫越白雪皚皚的冰原極地。他飛越過印度、埃及與希臘湛藍的天空，也漫遊於義大利、法國與英國的古老街頭……

就那麼在不同的交通工具之間跳躍著，游移於不同國家的城市中，彷彿自我放逐般尋找著那個叫幸福的站點。

他之所以會來到遙遠的南美洲，甚至誤打誤撞遇上正在慶祝狂歡節的巴西里約熱內盧，只是因為在英國時認識了一群倫敦的老船員，他們得知齊卜頓尋找幸福旅程的故事後深受感動，而協助他搭上了那艘橫渡北大西洋的貨輪。那些人相信齊卜頓口中的幸福之地，或許會是在這個處處洋溢著歡笑與熱情的國家！

就那樣，他告別了巡禮一個多月的南歐與西歐，也告別了荷琳姐曾經最想往的歐洲鐵路之旅，再度回到一望無際的大海上。只不過那艘運載著幾百個大型貨櫃的貨輪，並不如幸福公主號的豪華遊輪那般愜意，船員們的生活非常規律地各司其職，有時齊卜頓也會自告奮勇協助一些基本的清點與盤查任務；有時則會和幾位老船員躺在星空下的甲板，聽著他們天南地北聊著自己跑船時的見聞。

在一次次意外的未知旅程中，他宛如現代的遊牧民族學會了隨遇而安的哲學。他曾經在中國的寺廟中，擠身於出家人與善男信女之間，跟著他們一起享用免費的齋飯；在蒙古包內與熱情豪爽的當地人豪飲，並且嚐試了蒙古人的烤全羊大餐；也曾在法國南部的普羅旺斯，一邊眺望著鋪向地平線的藍紫色薰衣草花田，一邊啜飲著人間極品的赤霞珠美酒。

他在意外中遇見平靜的人生，也在未知中驚見奇妙的人性。

科科瓦多山上的救世基督像如十字架般展開雙臂，正垂首凝視著里約熱內盧的子民們，從這座城市的許多角落彷彿都能仰望到他靜默的慈悲。當狂歡節的遊行結束後，市街上依舊聚集著穿戴華麗亮眼的紅男綠女，來自巴西各大森巴舞學校的舞者們，也精力旺盛地在各個知名景點飆著舞，吸引了許多觀光客們拍照或合照。

齊卜頓悠閒地穿梭於這座恍如不夜城的市區大街上，人潮猶如川流不息的午夜河床，他彷彿是佇立在水中靜止不動的巨石，任由他們歡樂地從身畔擦身流過。他的胸前依舊掛著那張有點破舊與泛黃的紙板，有些人會駐足凝視著紙板上的文字，然後拍了拍他的肩膀又興高采烈地繼續朝著不同酒吧的方向移動。

或許，他們以為齊卜頓只是個促銷菸酒的三明治廣告人吧？

還有好幾位熱情的森巴舞女郎瞄了兩眼紙板上的文字後，都歡樂地圍繞著他翩然起舞，還帶著點醉意大聲喊著：「你到站了呀！巴西就是幸福的國度呀！里約熱內盧也是上帝的幸福之地呢！」隨之又一哄而散，繼續搖晃著火辣的美臀跳著細碎的森巴舞步離去。

在絡繹不絕的人群中，他又見到那名眼熟的連身褲小女孩，她身旁那位年長的女子可能也認出剛才坐在後座的齊卜頓，還非常禮貌地朝著他點了點頭。

「我記得妳叫馬菈對嗎？」他摸了摸小女孩的頭。

馬菈睜著圓圓的大眼睛點了點頭。

「咦，妳那位會飛來飛去的媽媽，沒有跟妳們一起回家嗎？」

小女孩嘟著嘴：「阿姨說，媽咪還有好幾場表演，馬菈和紀凡娜阿姨要先回家！」

那位叫紀凡娜的女子也接了話：「我姊姊還有兩場觀光客的公演要跑場，通常都會忙到凌晨一、兩點才能回家，每年狂歡節的幾個周末就是她最忙的時候。」

「我也要努力學森巴舞，長大之後就可以像媽咪那樣在劇院表演給全世界的觀光客看，還可以在天空飛來飛去呢！你們快看看我是不是又進步了？」

馬菈跑到了路燈底下，非常認真地用腳尖前點、後點，並且隨著口中複誦的節拍旋轉移位，雙手還有模有樣地擺動著。只不過，她的步伐並不是那麼穩，看起來像個頭重腳輕的大頭娃娃，有時候還會踏錯節拍或同手同腳。

馬菈的阿姨非常有耐心地幫她打著拍子，臉上卻不經意又閃過那一抹不忍的神情，隨之才低聲地說：「其實，我們家的女孩子並不是都像我姊那麼有舞蹈細胞，我就對森巴舞完全沒有天分！我還記得我媽說過，這個家族中有森巴天分的通常都是左撇子的女兒們，儘管小時候右撇子的我也跟著姊姊在森巴舞學校學跳舞，只是無論如何努力都無法跳得如她那般爐火純青。」

她有點尷尬地苦笑了出來：「我覺得右撇子的馬菈應該也和我這阿姨一樣，繼承了運動神經失調的基因……對了，我叫紀凡娜！」

「我知道呀，剛才馬菈已經告訴我妳的名字了！」齊卜頓也禮貌性地報上了自己的姓名。

「你們到底有沒有在看我跳舞呀？」馬菈在遠處喊了出來：「我要是能跳得像姊姊那麼厲害，媽媽一定會非常高興的！」

「馬菈也有姊姊？」齊卜頓愣了兩秒。

紀凡娜的表情頓了頓，良久才幽幽地回答：「對，她有一位雙胞胎的姊姊叫朵菈，不過……已經三年多不知去向……」她停了好幾秒後才勉為其難地說：「齊先生，你是否有過那種做錯一個決定後，一生一世都無法原諒自己的經驗？」

齊卜頓的雙眼霎時睜得老大，許多記憶片段宛如翻飛的紙片快速打在他的臉上。

「雖然，我姊從來沒有開口責備過我，但是我相信她內心深處一定非常恨我！」紀凡娜的目光望著遠處的科科瓦多山，彷彿正凝視著山上那座遙不可及的救世基督像。

她的雙脣顫了兩下，欲言又止。

「真是不好意思，才初次見面……我怎麼就隨便向你傾倒那些令人不愉快的心靈垃圾。」

「妳是說，朵菈的不知去向和妳有關？」齊卜頓認為自己的直覺應該不會錯。

就在那一瞬間，紀凡娜猶如一尊布滿斑駁裂痕的石像，原本矜持的面容頓時一片片剝落下來：「都是因為我的任性！我的忌妒心！才會讓瑪莉娜失去了她最引以為傲的朵菈……那個遺傳了她舞蹈天分的女兒！

那一天，我要是聽她的話乖乖在舞場後台照顧七歲的雙胞胎外甥女，沒有將她們帶往附近的購物中心，也沒有把她們丟在兒童遊樂區自顧自地去逛街，就不會發生她們被陌生人擄走的意外！都是我的錯！我姊如此信任我……我當時卻不甘心淪為在後台幫她帶孩子的小角色，更因為不想聽到那些從舞台上傳來，為她的表演鼓掌叫好的歡呼聲，才會擅自帶著朵菈和馬菈離開！我那時完全被忌妒心蒙蔽了理性……」

紀凡娜的十指掐在大腿上，彷彿想將血紅的指甲嵌進肉體折磨著自己。

「當我回到遊樂區，發現外甥女們竟然不見蹤影後，瘋狂地在購物中心內尋找著她們，最後才終於在戶外停車場發現了朵菈與馬菈的身影。她們雖然被歹徒迅速剪了頭髮又變了裝，可是我一眼就認出是雙胞胎的外甥女們！她們正被蒙著臉的一男一女推進了密封的廂型車內，我追了上去扳住廂型車的拉門，死命地想要將她們拉出來，可是……歹徒卻加快車速企圖將我甩出去！」

她仰起頭再度凝望著遙遠山頭上，那座正展開雙臂垂顧世人的救世基督像，努力地不讓自己的淚水奪眶而出：「我在匆忙中只抓到其中一位外甥女的手，就那麼一起被甩出了車外！我永遠忘不了那一幕……半開的車門內朵菈睜著驚恐的雙眼哭嚎地看著我，雙手還被一名蒙面的歹徒緊緊抓著，就那麼無助地望著我……車子越開越遠……從此消失得無影無蹤……

一切都發生得太突然了，我和馬菈被狠狠拋在馬路上後，又被後方來不及煞車的小客車給撞上了！我們待在醫院一個多月動了好幾次手術，才終於保住了自己的性命。我姊自始至終都陪在病床邊守護著我們……我好希望她罵我……打我……甚至將我永遠棄之不顧，因為……我根本就是罪有應得！」

齊卜頓嘆了一口氣，幽幽地說：「妳剛才問我，是否曾經做錯過一個決定，然後一生一世都無法原諒自己？有的，我在妻子生命的最後一程，曾經狠心奪去她最引以為傲的歌聲，讓她覺得自己在最後的日子是殘缺不全的。只是在一次次的自我折磨與悔悟中，我也漸漸體會到有時候那一件令人痛徹心扉的錯誤，就是阻止我們繼續錯下去的轉捩點，也讓我們能夠跳出過往的自己重新審視人生。

我相信妳姊姊是愛妳的，雖然她失去了自己最心愛的女兒，但是更不希望再失去從小一起長大的親妹妹。其實，我也一直在尋找那個能夠原諒自己的出口，但是就在我尋找它的過程中也逐漸找回了自己的初衷，那些因為歲月的消磨而遺忘掉的美好約定與記憶。」

紀凡娜低下頭眨著長長的睫毛，雙眼如夜空中閃動的星團，彷彿許許多多她與姊姊相依相偎的童年記憶重現眼前。

那些在嘻笑中初次練習森巴舞的片段、那些首次穿著華麗舞衣在廣場上排舞的得意笑容、那些在比賽挫敗時小姊妹手牽手互相安慰打氣的點點滴滴……卻在逐漸長大成人後被姊姊的成功與光環淹沒了初心，一度從最初的羨慕與景仰陷進了忌妒的爐火之中，也漸漸忘卻了在遙遠的時光對岸，那一對無憂無慮的小姊妹曾經是多麼地相愛過。

就在那時，紀凡娜的手機突然響了起來，她低頭望了一眼螢幕上的號碼，理了理有點慌亂的千頭萬緒，才按下觸控螢幕上的通話鍵。

「喔，我們還在走回家的路上……真的嗎？要在哪裡等妳？好呀好呀，妳和我也好久沒去吃那間餐館的『木薯薄餅』了，馬菈知道後一定會很高興……」她的目光不經意停在齊卜頓胸前那一片「幸福到站，叫醒我」的紙板上。

「對呀，還記得小時候……每一次我在森巴舞比賽落敗後，妳都會拉著我到那裡去吃木薯薄餅，妳還說那是用打氣木薯揉出來的打氣煎餅！所以吃多了才會放屁……」她的嘴角緩緩牽了一下露出淡淡的微笑。

「姊，謝謝妳一直那麼關心我……可是我從小到大卻時常讓妳擔心失望……」

紀凡娜停了好幾秒聆聽著手機，兩行淚水頓時劃過雙頰，她低下頭迅速用衣袖擦去，不想被過往嬉鬧的狂歡人潮瞧見：「好，我和馬菈現在就到那邊去等妳喔……我也愛妳……」

齊卜頓雖然聽不到電話另一頭的話語，但是他相信紀凡娜應該又重新看到童年時姊妹倆胼手胝足的許多畫面，那些曾經在憤怒與忌妒中被蒙蔽的美好記憶，應該漸漸從腦海的冰岩底層再度浮上來了。

她掛了電話後，將瑪莉娜會提前結束表演的消息告訴了馬菈，也熱情地邀請齊卜頓一道去那間叫 Tapioca Garden 的餐館：「齊先生，你一定會喜歡這種巴西人的平民美食，木薯薄餅有甜、有鹹還有各種五花八門的口味與菜式，是許多巴西餐廳的招牌菜喔！」

木薯薄餅是一種在里約熱內盧很常見的美食，小自攤販大至餐館或酒店都將這種以木薯粉製作的煎餅視為是巴西的招牌菜。木薯粉稱得上是巴西人的「太白粉」，它與珍珠奶茶中的木薯原料相同，是取自木薯肥厚的根部，被打碎與壓榨後所產生的一種乳白色粉漿，當水漿中的澱粉與水分離並沉澱後，當地人就把瀝乾的粉狀放在陽光下曝晒，而成了巴西家庭常使用的麵點材料。

木薯粉曾經是南美原住民的主要食材之一，當年葡萄牙人大舉遷移至巴西後，發現了原住民使用木薯根製作出的澱粉食品非常特別，進而繁衍出了許多能夠取代麵包的食品，而木薯薄餅就是經過世代改良後最受歡迎的其中一種！

Tapioca Garden 是一間可單點也有自助餐檯的典型巴西餐館，門前栽植的好幾株九重葛的蔓藤，非常奇特地攀爬入門內登堂入室，還在透天窗的天花板與樑柱上纏繞著，將原本單調的原木色裝潢增添了許多鮮綠與紅紫色的葉脈與花朵。

紀凡娜將齊卜頓安置入座後，表情有點興奮地說：「好多年沒有來這家餐館了，想不到現在還有那麼多自助式的菜色！齊先生應該和我們一樣，為了觀賞傍晚的那一場遊行，肯定也是空著肚子站了很久吧？我馬上過去幫你和馬菈挑幾樣道地的巴西美食吧！」

她走到餐廳盡頭的自助餐檯前，左顧右盼挑選著檯子上的食物，那上面全是各式各樣的巴西美食，從巴西烤肉、油炸鱈魚球、黑豆餐、椰奶蝦和各種色彩繽紛的現煎木薯薄餅！齊卜頓趁著紀凡娜還在等著廚師幫她煎餅與配料的同時，也為自己和馬菈點了兩杯造型如葫蘆杯的「瑪黛茶」，聽說這種飲料被稱為是阿根廷的國寶。

齊卜頓從飲料台上端回來後，將其中一杯瑪黛茶的葫蘆杯放在馬菈跟前，她一面道謝一面接過了杯子，還用左手指頭把玩著那根很特別的不銹鋼吸管，隨之又好像意識到什麼才停下手，用力啜了一口杯中的飲料。

他仔細端詳著馬菈的臉龐，還帶著點哄小孩的語氣說：「真想像不到馬菈會是雙胞胎呀！妳和朵菈應該長得一模一樣吧？」

「對呀！學校的同學和老師都分不出來誰是誰，就連媽咪和紀凡娜阿姨有時候也會搞糊塗。」馬菈語氣天真地回答。

齊卜頓斟酌了幾秒後，才小心翼翼地問：「妳真的是馬菈嗎？」

她並沒有抬起頭，只是繼續用吸管攪著杯中的瑪黛茶，還心不在焉地以稚嫩的語氣問道：「我是瑪菈呀，為什麼伯伯會認為我不是？你好有趣喔！」

「嗯，伯伯從妳今天跳舞時起步的左右腳順序，還有剛才握杯子與玩吸管的手勢，我覺得妳應該是個左撇子吧？只是很勉強地在用右手來做事。」

馬菈的嘴角抿了一下淺淺地微笑了出來，眼神中隱約流露出一種十歲小女孩不該有的傷感與世故：「伯伯好厲害……從來就沒有人問過我這個問題。」

「妳真的是朵菈？」

她若有似無地點了點頭：「不過，求求你不要告訴我媽咪或阿姨，我不希望她們為了我而傷心自責！」

「難道讓她們以為失蹤的是妳，就比較不會傷心自責嗎？我不明白。」

馬菈緩緩低下頭彎著腰，試著將連身褲的其中一支褲管捲了起來。

褲管底下的小腿看起來有些許異常的光澤，而且和她手臂上的膚色相去甚遠，感覺上並不太像自然的肌膚質感。她垂首用小手輕輕敲了小腿幾下，頓時發出了一種如空心塑料管的清脆聲響！

「是義肢？」齊卜頓愣了幾秒。

「假如，讓紀凡娜阿姨知道從廂型車上被拋出來，又被汽車輾斷左腿的是朵菈，那麼她一定會自責一輩子，認為是她毀掉了我……能成為頂尖森巴舞者的美好人生。可是，我真的不想和媽咪一樣！我真的不想再去過那種每天都要練舞的生活！在眾人的期待之下參加各種森巴舞比賽！只是為了大人們去爭奪一座座的冠軍獎盃。」

「所以，你在那一次意外之後，決定成為妳的妹妹馬菈？」

「我曾經好羨慕馬菈可以那麼輕鬆地過日子，不需要像我那樣在眾人的期許下成長，我那時多麼希望能夠成為她！我還記得那兩名綁匪將我們架到廂型車後，善良的馬菈還不斷安慰著我、守護著我！當紀凡娜阿姨衝到車門旁一手扳著車門，一手急著要拉出我們時，她知道阿姨只可能抓住我們其中一個人的手，就那麼一把將我往前推了出去，口中還對我哭喊著……」

——妳一定要為我好好地活下去！一定要成為全巴西最棒的森巴舞女王喔！

她眼中閃著朦朧的淚光，雙手用力掐著瑪黛茶的葫蘆杯，口中依然斷斷續續地說著：「我當時真的好心痛……我從來不知道她會有那種……我比她更值得存留下來的想法……可是當我在醫院從昏迷中醒來後，卻發現自己的左腿早已被截肢了……

我看著媽咪激動地問我說，我是馬菈還是朵菈時……我從她的眼中看到了她迫切想要的答案！可是我怎麼能告訴她我是朵菈？怎麼能讓她傷心難過……我再也無法成為她了？所以，我告訴她們我是馬菈……至少她們的心中還能擁有一絲希望，也許那個好手好腳又能歌善舞的朵菈……有一天能夠逃出來！而我也寧願成為如今這個肢體障礙，卻無憂無慮的馬菈……」

齊卜頓睜著難以置信的雙眼，看著眼前這位只有十歲左右的小女孩，從她早熟的隻字片語中卻聽到了那些令人心折的成長痛，被層層包覆在那具小小的身體之中。

「妳確定要繼續隱瞞下去？不會後悔嗎？」

她用力點了點頭：「我想，一定是上帝聽到了我過往那些自私的祈禱，才讓我永遠都不需要再去練舞了，只是我沒想到……祂卻把馬菈從我們身邊帶走了！」

當紀凡娜用托盤端著幾份剛剛煎好的木薯薄餅，從遠處的自助餐檯走回來時，馬菈早已迅速用餐巾紙抹去了眼角的淚痕，還用一種央求地眼神望著齊卜頓，隨之將食指放在她的唇上。

齊卜頓閉上了眼睛，非常有默契地點了兩下頭。

「真是讓你們久等了呀！來，這個加了一球草莓冰淇淋的木薯甜薄餅，是給我的馬菈小公主！這一份夾了黑豆和巴西烤肉的木薯鹹薄餅，是我特別推薦給齊先生品嚐的，你一定會愛上這種傳統的巴西口味！」紀凡娜如數家珍介紹著托盤內的菜色，還將不同口味的薄餅放在馬菈和齊卜頓的面前。

「草莓冰淇淋！草莓冰淇淋！妳還記得我最喜歡吃這種薄餅耶！」馬菈的口吻又回到了原本的稚氣，彷彿剛才那些與齊卜頓對話的成熟與世故，根本就不是同一個人。

紀凡娜突然托著馬菈的下巴瞧了兩眼：「怎麼眼睛紅紅腫腫的？又過敏了嗎？」

馬菈一副若無其事的神情，只顧著低頭用刀叉切著薄餅：「對呀，剛才遊行隊伍在放煙火時，我就覺得眼睛癢癢的……」

「我有帶眼藥水！妳先過來姨幫妳點幾滴，等一下再吃薄餅啦！」紀凡娜從皮包中摸出了一瓶眼藥水和面紙，然後悉心地為馬菈的眼睛滴了幾滴，口中還喃喃自語叮嚀著些什麼。

起霧的玻璃門外浮起一名女子的身影，馬菈興奮地跑了過去擁抱著對方，紀凡娜也笑容滿面地拉著齊卜頓走向前，將他介紹給自己的姊姊瑪莉娜認識……

一切彷彿又回到了最起點，雖然她們失去了那位能歌善舞的女兒或甥女，卻在相互的扶持下慢慢走出了生命中的低谷與陰霾。

——

幸福，就像一種無形的果實，它們必須成長於充滿愛的培養土中，並且以包容、寬恕、體諒及耐心來灌溉與滋養。而人生中的錯誤，有時候也並不全然是一種罪與罰，它也可能是結束迷失與背離的前兆，因為唯有在錯誤之中，人們方會審視過往的自己，在錯誤之後學習重新開始。

第九章　神諭

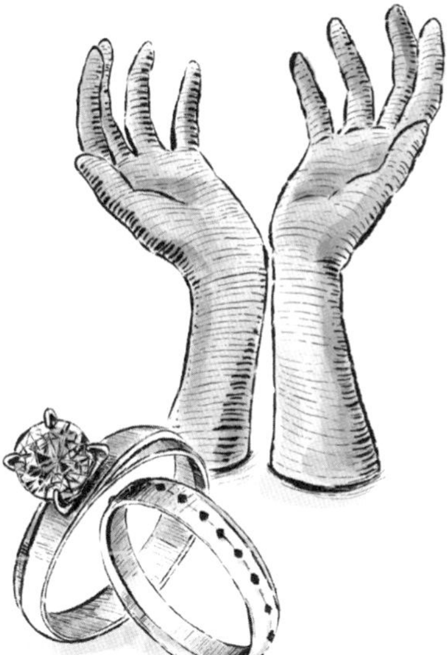

上弦的明月如發光的船舟，在黑暗的夜空中揚起了巨大的風帆，緩緩地朝著無垠的宇宙駛去。加勒比海的巨浪波濤洶湧地翻滾著，海面上的貨輪就像火柴盒般被潮水拋起又拋落，船艙內的燈火依舊通明，逆來順受地在浪頭之間上上下下。

在狂潮之中優游著上百尾拖著黑亮魚尾的人魚，她們有些攀爬在岩礁上歌唱、有些則如豚鯨般在月光下輪番跳躍著，一張張嘴角撕裂般地笑容，宛若正在慶祝這艘即將獻祭給海洋的貨輪。

齊卜頓站在貨輪的甲板上，雙手死命握住船緣的欄杆，任憑颶風中的浪頭飛花打在臉上，身子也隨著船身上下起伏著。他環顧著甲板四周竟然沒有任何人，就連那幾間燈火通明的控制艙與船尾的駕駛艙也空無一人！

「有人在嗎？救命呀！」正當他使勁地呼喊時，一陣連續的浪頭又打了過來，他環抱著欄杆蹲了下來，鼻子與口腔全都嗆進了鹹澀的海水。

許多停放在甲板上的貨櫃，經不起如此巨浪滔天的搖晃，一個個滑出了船身掉入黑暗的海水之中。那些齜牙裂嘴的人魚如漩渦般在海面上游移著，就像是等待生肉從天而降的嗜血鯊魚，仰望著在貨輪邊緣死命掙扎的齊卜頓。

他實在想不起來自己為什麼又回到這艘貨輪上？而那些在英國認識的倫敦老船員，這會兒怎麼全都不見蹤影了？他就像身處於一艘早已被棄守的鬼船，漫無目標地在無止盡的汪洋之中漂流。

海水中的黑尾人魚不知何故全都發出一種尖銳的歡呼聲，當他定睛往前方望去時，才意識到貨輪即將撞上荒島前方的一堵帆形石，礁岩的大小約有五、六層樓的高度，萬一撞上去整艘船肯定會粉身碎骨，沉沒在加勒比海的海床底層！

齊卜頓睜著充滿血絲的雙眼盯著那座礁岩，心中祈禱著風浪能讓船身改變航道，然而無情的颶風依然將貨輪推往了礁岩！不過，就在船首即將迎面撞上之際，那堵巨大的帆形石卻霎時應聲迸裂，礁石如山崩地裂般碎成了千萬片，滾入了深黑的海水之中，如慢動作般沉進了海平面之下。

在崩碎後的礁岩基座上，有一個龐大的身影緩緩地站了起來，那是一名身形豐滿圓潤的女子，她的黑髮結成了許多如麻花般的髻子，明亮的雙眼皮眸子下有著寬闊的鼻翼與豐厚的雙唇，古銅色的肌膚披著雪白色的長袍，全身上下還暈著淡淡的金黃色光芒。

她那具四、五層樓高的身軀慢慢步下了岩座，就在她踏入海水的一剎那，周遭的景物竟如結冰般頓時凝結住了。飆高的浪頭、捲動的漩渦、混沌的暴風與翻騰的人魚群，全都靜止在風起雲湧的天地之間。

女巨人將頭探進貨輪端詳著甲板，她那張渾圓的臉孔至少也有兩、三米那麼長，就那麼定在小小的齊卜頓眼前，嚇得他差一點就想扭頭逃走。她從上到下仔細地打量著他，然後將視線停留在他胸前的那塊紙板上。

「你也在尋找幸福？」女巨人問。

齊卜頓就像被釘在玻璃框內的昆蟲標本，動也不敢動地回答：「是啊……是啊……妳知道它在哪裡嗎？」

那位肌膚古銅色的女巨人突然仰起頭，朝著天空大笑了出來，宏亮的聲音幾乎傳向海平線的另一端，隨之才面無表情地回答：「不知道！」

「不過，既然你已經在尋找新的幸福了，那麼可以將舊的幸福送給我嗎？」女巨人挑了挑眉，眼神猥瑣地望著他的雙手。

「舊的幸福？」齊卜頓不解地喃著。

「對呀，就是你手指上的那枚戒指！」

齊卜頓低下頭，看著自己左手的無名指，總算意識到女巨人所覬覦的是什麼：「不行！那是我和琳姐的結婚戒指，怎麼可以給妳？」

「你可以將那個早已不需要的舊幸福，和我交換一個全新的幸福，為什麼不要呢？」

雖然，那枚金黃色的指環早已霧濛濛，上面的虎眼石也有些刮痕，但卻是琳妲親手為他挑選的定情之物，它怎麼能夠因為時間的消逝與妻子的過世，而被定義為舊的幸福！

女巨人納悶地望著他：「唉呀！人死不能復生，你幹麼還戴著那枚已經沒有誓言對象的婚戒？你到底是在緬懷個什麼勁嗎？何不讓我來收集那些舊幸福，如此你就能夠馬上獲得新的幸福嘛！」

齊卜頓摀住了耳朵，皺著眉頭用力喊了出來：「住口！妳給我住口！」

那名女巨人根本顧不得他的大聲疾呼，早已伸出粗大的手指不斷在他跟前畫著圈，每一個圈隨之幻化為迴旋狀的金魚火花，一圈圈地套在齊卜頓的無名指上，然後擴散圈繞至他的全身上下，就像被發著光的玫瑰花藤纏繞著。

就在那一瞬間，齊卜頓目睹著他與琳妲山盟海誓的那枚指環，竟然就那麼化成了灰燼隨著空氣飄散而去，接著他的手掌、手腕、手臂、胸腔……也從體內透出了火花迅速燒成了灰燼，旋即被風吹進了黑暗的海水之中，不斷沉入加勒比海的底層！隱約中，他仍可聽到那名肥頭大耳的女巨人，一邊撫掌大笑，一邊發喊連天的說著——

「她還活著時，你從來就沒有好好珍惜她，或是為她著想過，現在人都魂歸西天了，還裝模作樣什麼？你根本就不配擁有這枚結婚戒指！」

齊卜頓的身軀化為灰燼不斷沉入越來越黑的深海中，他雖然無形無體卻仍舊可感受到那股深切的羞辱，就那樣隨著暗流陷入海床的砂土中，他多麼希望能躲進礁岩的縫隙之間，永遠沉睡而去。

只不過，當他再度張開雙眼時，剛才那些女巨人、黑尾人魚或海水翻騰的恐怖景象……卻突然消失得無影無蹤。他那才發現自己正躺在一片星砂細碎的海灘上，享受著加勒比海群島的碧海藍天，身旁棕櫚樹的小桌上還擺著一杯色彩繽紛的雞尾酒。

遠處豔陽下的花浪滿是衝浪板與風帆點點，身穿五顏六色比基尼或海灘褲的男男女女們，三三兩兩地躺在海灘上日光浴。剛才那些在海面上驚心動魄的颶風襲擊、恐怖人魚們的虎視眈眈，甚至是被那一名高大的女巨人揶揄與化為灰燼的景象，肯定是他打盹時噩夢中的一場場夢魘。

一位皮膚黝黑的壯年男子從他身後走近，還端著一盤滿是熱帶水果的船形托盤，男子非常有禮貌地說：「齊先生，你終於醒了呀！剛才看你還在睡覺所以沒吵醒你，這是我們旅店招待的水果盤，全都是豐腴處女（The Fat Virgin）盛產的本土水果喔！」

豐腴處女？齊卜頓這才回神過來，想起自己已身處於被稱為是處女群島的

「英屬維京群島（British Virgin Islands）」，而這一座被暱稱為豐腴處女的小島其實就是人們口中的「維爾京戈爾達島（Virgin Gorda）」，聽說它之所以會有這個暱稱，是因為小島的地平線輪廓，看起來猶如一名側躺的胖女子。

齊卜頓離開巴西的里約熱內盧後，在委內瑞拉搭上了紀凡娜和瑪莉娜推薦的短程遊輪，尋訪過加勒比海上許多美麗群島後，總算在終點站的維爾京戈爾達島下了船，並且下榻在這間臨海的旅店。

這間充滿熱帶風情的旅店，是由三名西班牙裔的母子所經營，管理櫃台的是一位頭髮花白的老婦人艾蘭莎，而剛才那位負責廚務與吧檯的男子則是她的長子達尼，還有一名專司房務的次子卡契。不過從卡契稍淺的膚色與高挺的五官看來，應該是一名西裔與歐裔的混血少年，他與兄長那種典型西裔男子的長相截然不同，或許還比達尼至少年幼個十六、七歲。

齊卜頓猜測達尼與卡契這一對兄弟，可能是艾蘭莎與前後任丈夫所生的孩子吧？

他覺得剛才之所以會夢見那些奇幻的夢境，肯定是因為紀凡娜提及的那個島嶼傳說，聽說這座小島被一位身形巨大的胖女神守護著，當島民出海遇上暴風雨襲擊時，祂就會從海水中拔地而起解救遇難的普羅眾生。不過，這位胖女神並不是無條件施予恩惠，祂會在遇難者脫離險境之前，要求對方以「舊的幸福」來換取免於災難。

那位身材也是圓滾滾的艾蘭莎，信誓旦旦地告訴齊卜頓，巨大的胖女神或許就是人們口中的豐腴處女！祂在百年前的一場海上意外中落水滅頂，聽說當時祂還是一名未婚的女子，卻在暴風雨的黑夜中溺斃於冰冷的加勒比海，旋即被凶狠嗜肉的黑尾人魚們咬得皮開肉綻。

自此之後，島上的居民才開始流傳關於胖女神以舊的幸福為條件，與海上遇難者們交換倖存的種種傳言。尤其是那些與配偶貌合神離的年輕已婚男女們，常因胖女神的忌妒或痛恨世人不忠於愛情與婚姻，而被要求獻出定情信物或結婚戒指，才得以換取免於一死。

只是，幸福真的有新與舊之分嗎？

這一座小島的面積雖然只有二十一平方公里，卻是英屬維京群島中第三大的島嶼，也是許多英美人士喜愛度假的熱帶島嶼之一。它除了是鄰近美國遊客們自駕遊艇南行的觀光勝地，也因島上如人間仙境的熱帶叢林、奇岩巨石、雪白沙灘，與透明如翡翠的清澈海水，吸引了全球眾多新人們意屬為最適合結婚的應許之地。

只不過，近年來接二連三的颶風襲擊加勒比海群島，也造成維爾京戈爾達島的觀光業陷入危機，許多旅館酒店、度假中心、觀光景點，與因應海島婚禮熱潮而建造的大小教堂，大多難逃被夷為平地的命運。這一座差一點被上帝指頭抹去的海島，憑著島民們堅忍的毅力又開始重新建造並且逐漸復甦之中。

儘管如此，這陣子艾蘭莎的旅店中依然有慕名而來結婚的住客，他們是來自英國的年輕作家米斯特，與他從事兒童繪本插畫的美國女友蜜莉。五年前，這一對情侶在豐腴處女的旅行中相識相愛，米斯特也因此從英國的曼徹斯特老家，搬到了美國南加州的帕薩迪納，開始了對蜜莉的熱情追求。

米斯特會帶著蜜莉重回這座美麗的定情島嶼，就是希望能帶著她登上小島制高點的「處女峰」求婚！他早已預訂了峰頂上那座面海的白色教堂舉行婚禮，期待能以那片令他們結緣的加勒比海，見證倆人的山盟海誓！

他甚至暗中邀請認識不到一星期的齊卜頓與艾蘭莎，為他祕密籌畫的那場婚禮當證婚人。

那些協助米斯特準備婚禮的知情者，有些人忙著整修與布置峰頂上因颶風襲擊而受損的小教堂；有些人則遍尋風災後島上所殘存的熱帶花卉；也有些人拉著蜜莉去選購白色的小禮服，米斯特謊稱幾日後將會有一場募款的白色宴會，每一位出席者都必須穿戴純白的服飾。

與其說那是米斯特為蜜莉所籌備的一場神祕婚禮，其實更像是這一座海島在颶風浩劫後，所即將迎接的一場充滿活力與熱情的重生宴席。

不過，就在諸事順利、萬事齊備的求婚日清晨，卻發生了始料未及的突發狀況！米斯特前一晚翻遍了整個房間，卻怎麼也找不著從美國帶來的那兩枚結婚戒指。狀況外的蜜莉完全搞不懂米斯特翻箱倒櫃在尋找什麼，他一會兒說是在找手機，一會兒又說是在找相機，儘管蜜莉將信將疑質問過幾次，他依然守口如瓶完全不敢透露關於婚戒與婚禮的任何蛛絲馬跡。

「你有沒有可能根本就沒帶過來？還留在美國的家中？」齊卜頓疑惑地問。

米斯特搔了搔頭皮，語氣堅定地回答：「不可能，我非常確定我們一入住後，我就趁蜜莉去洗澡時……將裝婚戒的小盒子藏在床頭板後面。」

艾蘭莎在櫃檯內猛搖頭：「為什麼不早拿到櫃台給我們保管？我後面的保險箱是那種嵌在牆壁內的巨無霸，小偷就算想搬也搬不走呀！」

齊卜頓輕撫著脣上的鬍鬚，有點不以為然地說：「床頭板後面？那種藏匿地點也太不隱密了吧！搞不好早就被細心的蜜莉發現了，還猜到你在搞那個祕密計畫，才決定要在最後關頭看你窮緊張的模樣，誰叫你要將她騙得團團轉嘛！」

「唉，我現在後悔也已經太遲了！」

「會不會是……那個……」一旁的達尼支吾了幾秒，想了一想才壓低了聲音說：「會不會是被胖女神拿走了？」

「祂應該只收集對愛情或婚姻不忠者的婚戒呀？難不成……咱們的新郎倌被胖女神端倪出什麼偷吃、出軌或養小三的惡行？」艾蘭莎的眼球由下往上掃了米特斯好幾眼。

「當然沒有，我怎麼可能是那種男人！」

「好吧！距離你要向蜜莉求婚的黃昏時分……大概只剩下七個小時，我帶你到市區找一找，看看有沒有適合替代結婚戒指的指環！要是真的沒有，我和我媽再幫你想其他辦法，總之就是不能讓這個意外插曲打亂了今晚和明天的計畫！」

達尼一邊說一邊從櫃檯取出了車鑰匙，還快步領著米特斯走出了旅店。

齊卜頓望著在櫃檯內發呆的艾蘭莎：「要是真的找不到適合的戒指，你們真的還有其他法子？」

艾蘭莎擠出了一個很勉強的笑容，語氣幽幽地回答：「我不覺得他們能在市區找到什麼賣珠寶名品的商店，自從那幾場颶風襲擊之後，這整座小島就陷入一種暴風雨可能隨時會再來的恐慌中。那些有錢有勢的早就搬離英屬維京群島，只留下我們這些平日靠觀光業維生的島民。

不過，有些人過往工作的商店、餐館或星級酒店被吹垮了，一下子就成了無業遊民；有些人則因為自己的房舍遭到風災摧毀，一家子頓時無家可歸。我們這間小旅店所在的海灣算是幸運了，只是被颶風的風尾掃了半天，並沒有造成太大的傷亡。這種節骨眼上，又怎麼可能有什麼珠寶名品店會開業？就算真敢大剌剌地開著，還得提心吊膽隨時會被偷或搶！」

齊卜頓低下頭，望著無名指上那一枚鑲著虎眼石的金黃色指環。在那一場噩夢中，胖女神揶揄的話語又在耳際響起——她還活著時，你從來就沒有好好珍惜她，或是為她著想過……你根本就不配擁有這枚結婚戒指！

「我可以將這一枚婚戒送給米斯特，只不過還是少了蜜莉的那一枚……」他用力旋轉著指頭上那只他與琳妲的定情物，折騰了好幾分鐘後才終於摘了下來，還有些許不捨地放在櫃檯上。

艾蘭莎看了看那枚戒指，又瞧了一眼齊卜頓，搖了搖頭笑了出來：「既然，連你這位和他們萍水相逢的老頭子，都那麼慷慨將自己的結婚戒指捐了出來，那麼我這位老太婆當然也不能落人口實囉！」

她轉過身走進櫃檯後的小房間內，隨之傳來了幾聲金屬門的碰撞聲和鎖匙串的聲響。當她再度走出來時，手中還捧著一只雪白珠貝貼面的小錦盒，她緩緩打開了盒蓋後，藍絲絨的內裡端端正正躺著一枚鑲著珍珠的銀色戒指。

「我可沒有你那種偉大的情操，能將結婚的定情物贈送給他人！我這輩子只和死鬼老公結過那一次婚，也就僅有一枚一克拉的結婚鑽戒，實在很難將那麼珍貴的紀念物送給外人。倒是這一枚人工養珠的戒指雖然不算什麼貴重物品，卻是我當年為那位沒有緣分的英國媳婦特地選購的，只不過她十多年前藉故回倫敦探親後，就從此一去不返，留下傷心欲絕的達尼和孩子……」

「孩子?達尼有小孩?」齊卜頓愣了幾秒。

艾蘭莎顧左右而言他，完全沒有意願回答他的問話：「總之，這一枚戒指也不合我的指圍，就這麼放在保險箱那麼多年，我不認為那女人會再回來了，就算有一天她回來……我轟走她都來不及了……哪還會送她什麼戒指！」

她的語氣有些激動，不過還是嘆了一口長氣，緩緩闔上了那只珠貝的小錦盒，將它推到了那枚鑲著虎眼石的金戒指旁：「我想達尼也用不上這一枚戒指了，就算日後在這裡遇上適合的對象，我們這座小島上的女子……也不可能戴得下那麼小的戒指啦！」

艾蘭莎冷不防地大笑了出來，還展示著她那雙大手掌上的幾枚貝殼戒，又順勢搖晃著圓滾滾的豐滿身軀，彷彿這一座被暱稱為豐腴處女的小島的確其來有自。

就在那一瞬間，齊卜頓瞥見旅店側門外露出了半張臉，而且還紅著眼流著淚水，對方意識到齊卜頓已經發現他時，迅速轉過身往海灘的方向跑走了。他確定那是達尼的弟弟卡契，那位有點混血長相的少年！

突然，這幾日所聽到的許多訊息，不自覺地在齊卜頓的腦中拼湊著——一去不返的英國女子、達尼與被遺棄的孩子、只結過一次婚的艾蘭莎、混血兒長相的次子、年紀懸殊的兩兄弟……逐漸在他的思維中匯集成形。

齊卜頓睜著頓悟的雙眼，回過頭望著頭髮花白的艾蘭莎：「妳根本不是卡契的母親……而是他的祖母吧？我猜，當年未滿二十歲的達尼和那位英國女子相戀時，妳肯定不是很贊同吧？諸多原因造成了她拋棄達尼與孩子，最終選擇回到英國從此一去不返。」

「你當然不希望未成年的達尼，年紀輕輕就成為單親爸爸，因此將自己的孫子過繼為次子，讓外人誤以為兩位兒子之所以外貌與年齡有所差異，是妳與前後任丈夫所生的……其實，達尼與卡契根本就是父子！」

艾蘭莎輕輕牽起嘴角閉上了眼睛，並沒有回答任何話語，彷彿默認了齊卜頓所說的一切。

他旋即衝出了旅店朝著海灘的方向跑去，幾分鐘後才在礁岩區的一塊巨石上看見卡契。齊卜頓有點吃力地攀爬上石頂，上氣不接下氣地一屁股坐在卡契身旁。

卡契並沒有回過頭搭理他，只是仰起下顎若有所思地眺望著遙遠的海，視線猶如燕鷗般穿越了海平線，朝著地球的另一端飛去。他那雙長長的棕色睫毛不時眨動著，淺褐色的眸子也不止地閃動，粉紅色的雙唇則靜默地自言自語。

「你早就知道艾蘭莎不是你的母親，而是你的祖母吧？」齊卜頓問。

卡契點了點頭：「我去年在櫃檯的抽屜中，不小心翻到一封從英國寄來的郵件，信封上的收件人寫著達尼和我的名字，我好奇地讀了信中的內容……才終於知道自己的身世。」

「你恨她當年拋下了年幼的你？」

「不……我不知道，但是我從生母的隻字片語中猜得出來，那應該是兩個女人之間的戰爭吧？亦或者是兩種膚色之間的跨種族歧見？她才會毅然決然離開了我們……和這一座海島，肯定是被強悍的艾蘭莎打敗了吧？」他解嘲似地微笑了出來。

齊卜頓偏著頭凝視著少年的側臉，考慮了好幾秒後才問道：「米斯特的結婚戒指……是你在整理他們的房間時……拿走的吧？」

卡契並沒有反駁，只是低下頭呢喃著：「對不起，我錯了！我吸地毯時發現有一只小盒子，掉在他們床頭板和牆面夾縫的地上，取了出來打開後才知道，裡面是一對金黃色的戒指。我本來還想拿到櫃檯給艾蘭莎，卻突然想起……或許可以用它們來交換幸福……」

「交換幸福？」

卡契並沒有回話，只是領著齊卜頓跳上礁岩區最高的那塊花崗岩上，從那裡可以眺望到整片海灣與沙灘，甚至居高臨下俯視著眼前的加勒比海。他走向巨大岩石的最前緣，指著岩邊佇立的兩尊小小的泥塑。

它們看起來應該是一雙張著十指的手掌雕像，掌心全都面朝著海洋的方向，就像正對著湛藍的海水揮著雙手呼喚什麼。當齊卜頓定睛一看，才發現兩隻手掌的無名指上，分別套著一枚金黃色的戒指，右邊的那枚鑲著一顆閃亮的鑽石，左邊的則鑲著一圈細碎的黑鑽，它們彷彿正對著廣闊的加勒比海，在陽光下展示著聖潔的光環之美。

卡契蹲下身子注視著那兩枚婚戒，緩緩將它們從泥塑的手掌上拔了下來。

「我以為胖女神看到礁岩上這一對結婚戒指，肯定會如傳說中所言破水而出，詢問我想用這兩枚戒指交換什麼！可是，我連續在這裡守候了兩個晚上，卻沒有見到祂的蹤影！」

「我想，祂應該知道這兩枚婚戒並不屬於你的。」齊卜頓聲音乾澀地回答。

「可是……我多麼希望祂能夠和我交換幸福，將達尼……不，將我父親舊的幸福全部收回去，讓他能夠重新面對自己，再次尋找到新的幸福；我也希望胖女神能收回我生母舊的幸福，讓她在地球的另一端……能夠擁有新的幸福！」

他背對著齊卜頓低下頭，雙肩不斷地抽動著。

「我不祈求他們會為了我破鏡重圓，只要再等四年！只要再等四年我就滿二十歲了，我希望當我到英國去探望生母時……她將會帶著幸福的笑容迎接我，不再像那封信中的語氣充滿了悲傷，或者對我的祖母和父親帶著仇恨！」

午后的陽光撒在卡契的身上，將他的髮絲鑲上了一圈金邊，他轉過身雙手顫抖地將那兩枚婚戒交給了齊卜頓，淚水早已爬滿了他稚嫩與青澀的臉龐：「請齊先生轉告米斯特……我對不起他和蜜莉，請他原諒我……差一點就毀了他們人生中最重要的時刻……」

齊卜頓嘆了一口氣，走上前拍了拍卡契垂頭喪氣的雙肩：「我會幫你守住這個交換幸福的祕密，也不打算讓他知道是你拿走了這兩枚婚戒！」

卡契抬起頭，眨了眨長長的睫毛，定睛看著齊卜頓：「真的嗎？是真的嗎？謝謝你！謝謝齊先生！」

「不過，你以後不可以再拿走房客的任何東西了喔！」齊卜頓小心翼翼地轉過身，緩緩爬下那些層層疊疊的礁岩。

卡契跟在他的身後，語氣非常肯定地喊著：「我以胖女神之名發誓！絕對不會再犯了！」他突然又想到了什麼，馬上折回頭跑到花崗石的前緣，一腳將那兩尊泥塑的手掌踢進了海水中。

那天黃昏，米斯特總算在小島制高點的處女峰，向交往五年的蜜莉求婚成功！第二天在峰頂教堂的婚禮上，那兩枚鑲著白鑽與黑鑽的結婚戒指，也在神父、主婚人、證婚人與加勒比海的見證下，終於套上了新娘與新郎的無名指上。

齊卜頓告訴米斯特，他和卡契在他們的房間找了好幾個小時，才終於在床頭板和牆壁間隙的地板上，找到了那只裝著婚戒的小盒子。

沒有人知道，這兩枚婚戒曾經被用來招喚胖女神與幸福。

艾蘭莎也將那枚虎眼石戒指還給了齊卜頓，不過他並沒有將它戴回無名指上，而是將戒指與琳妲的照片收藏在小禮帽的夾層中。他凝視著無名指上那一道淺白的戒痕，心中想著那或許是戴上婚戒前的膚色吧？

那一方小小的皮膚，三十多年來在婚戒的保護下始終維持著當年的膚色，而過往安處於婚姻中的他卻因為庸碌的生活，反而忘記了當年套上婚戒時，曾對妻子許下的承諾與初衷……

或許，夢中的那位胖女神說的沒錯，如果他不將舊的幸福放在一邊，那麼又怎麼會看見新的幸福，或是尋找到新的幸福呢？

幸福，有時候需要一種向前走的勇氣，才能在人生的旅途上與它不期而遇。無論是錯過的幸福、強求的幸福，或是早已消逝的幸福，很多時候都需要鼓起勇氣去告別，並且相信自己——下一站的幸福會更好。

第十章　花火

南加州的陽光映照在好萊塢大道上，隨處可見的棕櫚樹在暖風中搖曳著，絡繹不絕的觀光客悠閒地走在人行道上，有些人蹲在心儀偶像的星形獎章旁七嘴八舌；有些人則和裝扮成超級英雄的街頭藝人們拍著紀念照；也有些人就那麼漫無目標的在絲蘭街或日落大道之間閒逛著。

齊卜頓駐足在知名的「中國戲院」前，仰望著那幢常出現在西方電影裡不中不西的建築物，碧綠的瓦頂、橙紅的樑柱、白色的雙獅座，以及屋簷下那些不知所以然的東方面具掛飾，卻散發著一種非常好萊塢的次文化景觀。

他的胸前又再掛著那一張充滿摺痕與污漬的紙板，口中不經意哼起那首耳熟能詳的七〇年代老歌「南加州從來不下雨（It Never Rains In Southern California）」

「搭上飛往西岸的七四七班機，沒有過多的考慮只是孤注一擲，那些過往聽聞的一蹴可及，那些電視廣告或電影中的美夢成真，即將成真了！聽說南加州從來不下雨？人們總是如此告訴我，南加州從來不下雨……」

齊卜頓年輕時聽到這首歌名奇怪的曲子，從來不認為自己也能像歌詞中那般率性，就那麼跳上飛機去尋找心中的夢想。不過，他這幾天屈指一算，才驚覺自己離開南太平洋的白木蓮島……竟然已經三年了！

有時，他也不敢確定是否真是為了尋找那個叫幸福的站點，那個能夠通往現實世界的通道，才開始了在不同交通工具之間跳躍與遊歷的瘋狂旅程？亦或者，他根本就是在悲傷與自責中自我放逐？

只是，這幾年來一路上的所見所聞，卻讓他從眾多一面之雅的過客身上，看到了不同面向的幸福，也在擦身而過的大小事件之中，體悟到自己原來是幸運的。

他之所以會來到南加州的洛杉磯，全是因為米斯特與蜜莉的熱情邀約！他們計畫在婚禮後搭上朋友的私人遊艇，離開維爾京戈爾達島回到美國本土。齊卜頓才終於告別了艾蘭莎的旅店，告別了達尼、卡契、胖女神與豐腴處女，隨著米斯特一行人穿過加勒比海與墨西哥灣，抵達了德州的「三位一體海灣（Trinity Bay）」，再從當地的貝敦機場飛回米斯特與蜜莉所在的南加州。

齊卜頓並沒有跟隨新婚的他們回到帕薩迪納，而是在機場道別後就開始了自己的洛杉磯漫遊。畢竟，這座製造夢想的電影工業城市，也有著許多他與琳達的共同回憶，那些結婚前在露天戲院觀賞經典老片的點點滴滴，那些曾經出現在某部電影中的場景，如今不期而遇地出現在這座城市的街頭轉角，霎時敲醒了許多他差一點就遺忘的美好片段。

他在好萊塢高地中心旁的長椅坐了下來，一邊喝著手中的美式咖啡，一邊眺望著遠處山頂那一排白色的 HOLLYWOOD 字母地標，很難想像自己居然會來到洛杉磯，親眼目睹那座充滿歷史的標誌。

幾位擦身而過的年輕遊客見到他胸前的紙板，還熱情地要求與他合照。當然，也有些比較害羞的路人則握著手機，在一旁偷偷拍攝著齊卜頓，與他那張可能充滿故事的紙板。幾名 Hip-Hop 裝扮的黑人男子路過時，更在他面前跳起了 Popping 或 Locking，如機器人般點了點他的肩頭，用英文喊著：「Yo bro，快點醒來！快點醒來呀！幸福的好萊塢已經到站了！」

或許，很多人都相信自己所居住的城市，是這個世界上最幸福的所在吧？在那裡有最熟悉的摯友、最親愛的家人、最深愛的伴侶……所有能夠釀造幸福美酒的元素，全都垂手可得。

齊卜頓低下頭思索著下一站該何去何從，只不過腦袋中的瞌睡蟲一如過往，總是搶先一步攻占他沉重的眼皮。直到一陣汽車喇叭聲不斷在他面前鳴起，才頓時嚇得他睡意全消！

他揉了揉朦朧的雙眼，才驚覺眼前竟然停著一輛樣式很上個世紀的 Volkswagen 廂型車，車體上還畫滿了五顏六色的可愛小花，和一道如波浪般的繽紛虹彩，車頂上也堆滿了大大小小的行李箱、樂器箱與野營背包。

「有沒有搞錯呀，這個罪惡的城市哪有什麼幸福的站點啦？」一位留著及肩長髮的老先生搖下副駕駛的車窗，朝著他笑容滿面地喊著。

駕駛座上那位蓄著花白大鬍鬚的老伯，也瞎起鬨地說：「老兄，我看你是跑錯地方尋找幸福囉！」

後座的幾個車窗內也陸續有人探出頭，一名綁著花頭巾的老男人，和一對妝容活像雙胞胎的老女人，全都跟著大笑了出來。

戴著超大耳環、身穿手繪染花布衣的女子，一副徐娘半老風韻猶存的姿態撫著窗沿，盯著齊卜頓胸前那張紙板上的文字，用一種非常稚嫩的娃娃音問道：「老伯，所以你知道那個叫幸福的站點到底在哪裡嗎？」

他搖了搖頭。心中還嘀咕著：妳的尊榮看上去比我還要古色古香，竟然喊我老伯？

「當然是在舊金山嘛！我們正要前往那個幸福之都耶，老伯也一齊上來吧！」她身旁那位額頭上繫著細髮箍的女伴也搭腔，還不斷揮舞著鮮紅美甲的大手。

齊卜頓原本以為那位細髮箍應該是喝醉了，才會酒言醉語跟他這位陌生人開玩笑。結果，一整車祖父母級的老男老女，竟然全都如小孩子般此起彼落地喊著：「對呀對呀，上車吧！我們可以送你一程！」

他半推半就將行李箱放上車頂，有點不自在地跳上那一輛宛若從六〇年代穿越過來的嬉皮廂型車。一登上車後，大耳環還非常熱情地清掉座位上的垃圾與雜物，騰出了一個勉強可以容身的位置給他。

「你們一行人是要到舊金山旅遊嗎？」齊卜頓問。

花頭巾搖了搖手：「不是啦，我們是要去舊金山的金門公園，參加一年一度的 Outside Lands 音樂藝術節！」

「喔！是要去朝聖聽演唱會呀？」

大耳環戲劇化地睜大了眼睛，嗲聲嗲氣地說：「我們是要去被朝聖的啦！你都這把年紀了，不可能不知道我們是誰吧？」

齊卜頓愣了一愣，環顧著前座的大鬍鬚和長髮男，以及後座的大耳環、細髮箍與花頭巾，一副丈二金剛摸不著頭腦的模樣。

有點醉意的細髮箍嘆了口氣，突然使勁地仰著頭喚了一聲：「我們是為世界和平而唱的！」

「花—孩—兒—合—唱—團！」車內的五個人全都齊聲喊了出來。

他聽到那個團名後頓時覺得有些印象，花孩兒合唱團好像在六〇年代末期曾經紅極一時，當時就是以頹廢、慵懶與怪異的曲風異軍突起。只不過出了四、五張唱片之後，也不知道為什麼就突然銷聲匿跡了。

駕駛座上的大鬍鬚一邊開車，一邊非常自豪地說：「當初要不是我們年輕氣盛，為了一些小事情就意見不合鬧解散，現在搞不好比什麼U2樂團或滾石樂隊還要活躍與資深呢！」

大耳環抿了抿嘴脣，一臉苦笑地回答：「哪有那麼誇張啦！現在新生代的樂迷哪會喜歡我們那種頹廢的音樂呀！」

「其實，我們當年走紅時有六位團員，去年底鼓手亞當心臟病猝死後，我們六個人才終於在他的葬禮上再度聚首，那是解散四十多年後的第一次重逢呀！只不過，亞當是躺在棺木中，而我們五位卻是圍繞著他，感嘆著當年老死不相見的任性……」

副駕駛座上的長髮男有感而發，不過並沒有轉過頭來，視線停留在公路遠方的天空。

花頭巾打氣地說：「還好今年音樂藝術節的主辦單位還記得我們這些老人家，特別增闢了什麼向上個世紀經典樂團致敬的時段，才促成了我們再度聚在一起演出的契機！這一場盛會之後，說不定還能接到更多的演唱邀約，那麼花孩兒合唱團就能像其他老牌樂團一樣，解散多年後光榮復出！」

「復出？你難道忘了那封炸彈恐嚇信？我們要是一意孤行，搞不好真的會發生什麼意外耶！」細髮箍雖然醉得搖頭晃腦，可是灰藍色的瞳孔中卻流露著一種不可言喻的驚恐。

齊卜頓納悶地喃著：「炸彈恐嚇信？」

大耳環的十指掐著手繪染的花布衣，不自覺地將衣角揪成了一團麻花：「我們自從接獲音樂藝術節的邀請函後，大鬍鬚團長就開始接到一些奇怪的無聲電話。上個月，還收到一封威脅我們不准登台的警告信，否則就會將我們……炸得體無完膚！」

「我覺得大家也不必太過於神經緊張，那些把戲應該是這次沒被主辦單位邀請的老樂團在搞鬼，眼紅我們五個人又要合體發光發熱，搞不好還能鹹魚翻身大紅大紫呢！」大鬍鬚中氣十足地大笑了出來。

「總之，大家這一路上還是要小心一點！我們現在都是兒孫滿堂的祖父母了，可不能再像以前那樣什麼事都不計後果……」細髮箍雖然喝得茫茫然，不過腦袋應該還算清醒。

大耳環突如其來對著她喊了出來：「喂，不要再喝了吧！妳難道想在登台前就倒嗓呀！」語畢，還一把將她手中的龍舌蘭酒瓶搶了過來。

「我怎麼不記得妳會喝酒？而且還是喝那麼傷喉嚨的烈酒？」花頭巾疑惑地看著她。

細髮箍嘟著嘴滿臉不高興，根本不想去搭理那些問題，一屁股就坐到後座閉上眼裝睡。

大耳環聳了聳肩回過頭，不經意地又打量著齊卜頓胸前的那張紙板：「幸福到站，叫醒我？你為什麼要到那個叫幸福的地方呀？」

齊卜頓嚥了嚥口水，眼神有點疑惑地回答：

「本來……我也以為自己知道為什麼，可是經過好長一段時間的旅程，親眼見過許多陌生人的悲歡離合，我漸漸開始迷惘……自己在尋找的幸福到底是什麼？或許那只是一個遙不可及的夢？一個根本不存在的空間吧？」

「原來你的心中也有一座聖塔菲（Santa Fe）呀！」

「聖塔菲？」齊卜頓納悶地望著大耳環，完全聽不懂她在說什麼。

「你肯定沒有看過百老匯的音樂劇『無冕天王（Newsies）』吧？那齣劇改編自一八九九年紐約州報童大罷工的真實事件，劇中有一位叫傑克的男孩，曾帶領著上萬名報童示威，抗議當年普立茲所開設的《紐約世界報》，種種剝削與壓榨童工的不平等待遇。」

大耳環優雅地啜了一口氣泡水，繼續道：「傑克一直夢想著有一天能離開那個充滿勢利眼的紐約，直奔位於新墨西哥州的聖塔菲，人們常說那個純樸的小鎮充滿幸福，他們寧願在小鎮中當大人物，也不願在大城市中當個小人物。劇終時，傑克爭取報童權益的勇氣獲得羅斯福州長的褒獎與支助，終於歡天喜地搭上了前往聖塔菲的夢想列車！可是，當汽笛聲嗚嗚作響時，他卻發現自己的心中怎麼也割捨不下，那些曾經與他一起同甘共苦的報童朋友。

最後，他跳下火車放棄了前往聖塔菲的夢想！因為，他終於頓悟到最幸福的地方，其實是擁有親朋與好友的那個地方。每個人的生命之中，都有一座想要追尋的聖塔菲吧？有的時候在追求夢想的路上，其實最值得珍惜的應該是『過程』。」

她定睛看著齊卜頓：「我相信你應該和傑克一樣，已經在追尋的過程中體悟到了什麼，心中的聖塔菲才會如海市蜃樓般平靜地消散了。」

那一晚，花孩兒合唱團的嬉皮廂型車，在北上的高速公路上疾行，車身上那些鮮豔的小花與波浪般的虹彩，彷彿也在黑暗的公路上飛揚了起來。

將近六個小時後，他們才終於抵達北加州的舊金山，一行人在旅館下榻了一晚後，第二天清早才赴金門公園的音樂藝術節現場，開始了架設樂器與測試音響的事宜。

下午兩點鐘，在這場流行音樂的盛會中，首度搭起的那座懷舊音樂區前，早已湧入絡繹不絕的人群，許多年輕人還刻意穿戴著應景的嬉皮裝扮，現場的觀眾則大多數是祖父母級的銀髮族。

他們，彷彿期待著花孩兒合唱團的歌聲，如蟲洞般能將自己拉回數十年前，那段年少輕狂、無憂無慮的青春歲月中。

當主持人在台上介紹著六、七〇年代曾經紅極一時的許多樂團時，露天大銀幕上也播放著一張張珍貴的黑白照片，而台下那些超過六十歲的老先生與老太太們，早已盯著宛如浮光掠影的老照片淚光閃閃。

齊卜頓陪著花孩兒合唱團的成員，就站在後台的階梯下等待主持人的報幕。大鬍鬚、長髮男和花頭巾全都戰戰兢兢地盯著主持人的背影，大耳環也緊張地用手掌壓著小腹深呼吸著，而細髮箍可能是酒醒後的宿醉，不斷用手指揉著太陽穴，目光依然流露著一抹驚恐。

當主持人終於大聲喊出：「現在，就讓我們歡迎在六〇年代曾為世界和平而唱的……花─孩─兒─合─唱─團！」台下霎時響起了驚天動地的歡呼聲！

正當幾位團員擠出了笑容，打直腰桿準備跳上舞台時，細髮箍卻突然猛力搖著頭，垂軟地蹲在地上：「我不要上台！我不要……我不要……」

就在那一剎那，懷舊音樂區正後方的停車場，頓時發出一陣陣震耳欲聾的爆炸聲，許多現場觀眾被突如其來的巨響嚇得魂不附體，紛紛朝著反方向逃竄！有些反應不過來的老人家們則在慌亂中跌坐在地上。

工作人員們抱頭掩耳一副不知所措的模樣，只有齊卜頓如警犬般機警地轉過身，朝著發出連續巨響的方向觀察，終於確定了爆炸的正確位置……竟然是那一輛嬉皮廂型車！當他定睛仔細一瞧後，才發現那並不是什麼炸彈攻擊，而是一道道從車頂往上飛射的光束，光束還瞬間在高空中發出一陣陣的巨響，綻放成一朵朵色彩繽紛的巨型花火，冉冉流瀉的光點也如魔法星塵般閃閃發亮！

「是煙火啦！好漂亮喔！」

幾位年輕男女大聲喊了出來，原本驚惶失措的觀眾們才終於鬆了一口氣，紛紛抬起頭觀看著那些在白晝中劃向天際的煙火，爆破聲至少持續了五分鐘之久。主辦單位為了安全起見，旋即廣播著演唱會將延後半小時進行。

大耳環驚魂未定地摀著嘴，語氣顫抖地喃喃自語：「真的有人不希望我們上台……不願意看到我們復出……」

「這是不是什麼警告？如果我們待會堅持登台演唱，會不會真的被炸得屍骨無存！」花頭巾張大了嘴臉色慘白。

大鬍鬚憤怒地喊了出來：「為什麼？為什麼會有那麼可惡的人！」

工作人員將花孩兒合唱團安置到表演者休息室，希望他們能緩和一下方才的那一場虛驚。齊卜頓在煙火停止後，也跑至停車場與廂型車去勘查，不過很快又回到休息室與他們會合。

長髮男壓低了嗓音說著：「我們是不是應該告知主辦單位那一封炸彈恐嚇信？就請他們取消我們的演出，直接由後面的表演團體上台遞補！」

大鬍鬚團長與幾位團員並沒有出聲，但是也沒有任何反對意見。

大耳環語氣哽咽：「我還以為……我們總算能重拾熱愛的音樂，如過往那般一起站在舞台上表演！畢竟，當初全是因為我這個主唱的恃寵而驕，才將樂團搞得烏煙瘴氣，氣得你們一個一個退團，最後面臨解散的命運！我的心中一直非常愧疚，希望有朝一日能夠彌補些什麼……尤其是在我最後的幾個月……」她欲言又止。

細髮箍頓時抬起頭，睜大了雙眼疑惑地問：「最後的幾個月？妳說的最後幾個月是什麼意思？」

花頭巾的眼淚突然飆了出來，聲淚俱下地喊著：「妳告訴他們……快告訴他們呀！我再也無法忍著……去幫妳隱瞞那個祕密了！」

「她之前罹患的乳腺癌又復發了！現在擴散到整個胸腔！醫生說已經是末期了……頂多還能再活三、四個月而已！」他終於喊了出來。

所有的人全都表情錯愕地望著大耳環，可是她的臉上並沒有任何悲傷，只是習慣性地抿了抿嘴苦笑著。

「妳為什麼要瞞著我們不在醫院休養？還跟著我們長途奔波舟車往返！」長髮男撲了過去跪在大耳環的跟前，雙手緊緊抱著她單薄的肩膀。

她擠出了一個很勉強的笑容，發著抖將頭上的幾只髮夾拔了下來，然後緩緩脫下了那一頂蓬鬆的假髮，露出了頂上只有些許髮根的光頭。

「啊，這樣舒服多了！總算能以真面目面對你們，大家不要那麼愁眉苦臉好嗎？這些日子以來，我可是一直都很堅強呢！完全不像你們想像得那麼悲慘啦！」她的右手摀在心口上，那口娃娃音此刻卻帶著點沙啞。

「只不過，我在有生之年無法再與你們同台演出，那才真的是我唯一的遺憾呀！那一座特別搭建的舞台，和這一次的演出邀約……其實，是我花了最後的積蓄，央求音樂藝術節的主辦單位為我們辦的，我只想藉這個機會彌補我當年的過錯。可是現在卻成了無法完成的遺憾！」

齊卜頓的視線不經意停留在細髮箍身上，當其他團員全都啜泣地圍攏在大耳環的身畔時，只有她倚著牆全身垂軟地滑坐在地面上。她的目光與齊卜頓交會時，滿是無盡地羞愧與懊悔，齊卜頓若有似無地朝著她引了引下顎，彷彿早已洞悉出一切真相。

她滿臉淚痕突然跪了下來，匍匐地爬到了大耳環的跟前，雙手顫抖地抱著她的小腿，激動地哭喊了出來：「都是我的錯！一切都是我的錯！是我打了那些匿名的無聲電話！寄了那封炸彈恐嚇信！請妳原諒我！請妳原諒我……」

大耳環與其他團員全都瞠目結舌地看著她，更無法相信這兩天以來喝得醉醺醺的細髮箍，竟然是那一連串威脅與恫嚇的始作俑者？

齊卜頓點了點頭，清了清嗓子道：「我剛才已經到過停車場的警衛室，調閱過這兩個小時的監視器紀錄，我們下車後唯一回過廂型車的人……就只有她！我想她應該是回去安裝藏在登山包內煙火盒的引線裝置，我也在車頂的皮箱和行李之間發現了這個！」

他打開了手掌展示著一只有些許燒焦的小巧物體：「這是很基本款的自動點火接收器，在尚未有電腦編程施放煙火的年代，這種遙控裝置常用於遠端點燃引線。我想她應該是在大家登台之際按下了口袋中的遙控器，點燃了那一陣充滿警告意味的煙火。」

大鬍鬚團長吹鬍子瞪眼，大聲咆哮了出來：「妳為什麼要做這些事情？為什麼要阻止我們復合登台？」

「我錯了！我一直以為你們真的想東山再起，重新回到那種居無定所的巡迴演唱生涯，我好怕……我真的好怕我們會再度爆紅！因為……我已經不是當年那個無牽無掛的單身女子了，現在的我有家庭、有兒有女，還有一群可愛的孫兒！我真的不願意再去過那種……遊走於不同城市與旅館的演唱會旅程，可是，我真的不知道該如何拒絕你們……」

她淌著淚抬起頭，凝視著面容消瘦的大耳環：「要是我知道這是妳的臨終遺願，我一定不會那麼傻……去破壞妳與我們的最後一場演唱會……我對不起妳！請妳原諒我……」

「所以，妳是因為情緒不穩定，才會不斷借酒澆愁折磨自己？」大耳環伸出手溫柔地撫摸著她的髮絲，順勢扶起了她緊緊擁抱在懷中：「你們都原諒了我當年的傲嬌與任性，我怎麼可能會不原諒妳？而且現在還不會太遲呀！妳和我是最完美的女聲二重唱，待會我們就在舞台上最後一次飆歌吧！」

細髮箍霎時仰著頭大哭了出來，然後跪了下來俯在大耳環纖瘦的大腿上抽噎著。

夏日的微風徐徐地從白色的窗櫺間吹了進來，為冰冷的會客室帶來了一絲暖意，花孩兒合唱團的成員們頭抵著頭圍成了一個圈，緊緊懷抱著互相的肩頭。時光彷彿在那個圈圈中倒流著，將白髮再度幻化回青絲，將他們帶回許多年前，那幾位對音樂充滿熱情與執著的花孩兒。

那一天午后，花孩兒合唱團在闊別四十多年後重新合體，並且演唱了許多首耳熟能詳的成名曲，也為當年來不及與歌迷告別的遺憾劃下了一個句點，正式以這一場最後的演唱會向曾經愛過他們的老朋友們告別……

幸福，是一種自我的定義與體會，沒有人能告訴你怎麼樣的幸福，才稱得上是真正的幸福，人生中不同時期的幸福定義，更可能隨著時空的改變而有所濃淡深淺。在生命中愛恨嗔痴與生離死別的洗禮下，有時候那些曾經亟欲追求的幸福，或許也會在歲月的淬鍊中逐漸淡然退散。

第十一章

玻璃頂的「洛磯山登山者號」火車沿著蜿蜒的鐵道，緩緩跨過菲沙河谷上的鐵橋與吊橋，從加西海岸的熱帶雨林，穿越荒漠中橙黃色的峽谷，輾轉來到了寒冷北國的針葉樹林，也駛進被列為「世界自然遺產」的加拿大落磯山公園群（Canadian Rocky Mountain Parks）。

齊卜頓仰首欣賞著玻璃車頂外白雪皚皚的峰峰相連，車窗外令人目眩神迷的翡翠色冰川湖水，與湛藍天空不時掠過的白頭鷹與加拿大雁，不禁讚嘆著這一片被歐洲人稱為是「五十個瑞士」的洛磯群山。人們將這個玻璃頂火車的鐵道旅程稱為是「穿越雲層之旅」，因為它的亮點就是列車將會行駛到洛磯山脈的最高峰——羅布森山。

他喝了一口列車服務員遞上的威士忌，習慣地搖著玻璃杯中的冰塊，腦中猶記花孩兒合唱團的大鬍鬚團長所言：「你真的還要這樣漫無目標繼續旅行？就為了要偶遇那一個叫幸福的地點？為什麼不想想看是否有什麼捷徑？」

「捷徑？」齊卜頓愣了愣。

「反正你也說過，這三年來一路上經歷過許多不可思議的奇遇，我想你應該不介意到美國『樓上』的加拿大去試試吧？」大鬍鬚用手指順了順兩側的鬢角，繼續道：「我童年時跟著從事礦業的父親居無定所，曾經在加拿大洛磯山脈附近的金芭莉待過好幾年，小時候就常聽鄰近的獵人叔叔們提及，一個非常奇幻的山野傳說……

在洛磯山脈的森林中，住著一匹會說人話的獨角獸！」

齊卜頓揚了揚眉：「會說人話？」心中還想著，怎麼又是獨角獸？

「據說那一匹獨角獸時常協助在洛磯山脈迷途的獵人們，引導他們回到自己所居住的小鎮！不過，並不是每個人都那麼幸運，能夠在森林中遇上引路的獨角獸，聽說牠只出現在天空有雙虹的午后，因為那匹獨角獸最愛喝能映照出彩虹能量的湖水！因此，只要看到天空出現雙虹之際，迅速尋找到彩虹盡頭的那一片湖水，就能夠找到引路獨角獸了！牠一定可以帶你到那個幸福之地！」

「雙虹？就是天空同時出現『霓與虹』的那種大自然現象嗎？平常已經很難得能見到彩虹了，又怎麼可能那麼容易遇上雙虹……」

大鬍鬚用力拍了拍齊卜頓的肩膀，打氣地喊著：「放心，洛磯山脈上到處都是冰山融雪所沖刷而成的大小湖泊！你只要有信心與耐力就一定會遇上！」

齊卜頓的心中雖然半信半疑，不過仍然在大鬍鬚團長的協助下，於長途轉運站搭上了前往加拿大邊境的灰狗巴士，再從溫哥華登上了駛向洛磯山脈的玻璃頂火車。

他與花孩兒合唱團在舊金山道別時，大耳環握著他的雙手面露不捨地耳提面命：「這或許是我和你最後一次見面……不過，你一定要記住我告訴你的那個故事喔！我相信你一定能夠找到心中的那一座聖塔菲！」

這幾年來，他也聽從許多過客的指引，誤打誤撞遊歷了好些不曾預期的意外旅程，更從那些人事物與景點，看到了不同的人生視野，體悟到全新的人生觀。他的內心仍然懷抱著最後一絲希望，期許這三年來的一切只是南柯一夢，琳妲並沒有與他天人永隔！兒子齊利也不曾離開過他！

他只是因為那一次的槍傷躺在醫院的病床上，那一顆直穿腦袋的子彈，將他的思維意識逼進了腦細胞組織的底層，阻斷了他與外界的溝通方式，而大腦也啟動了保護他的機制，為他在腦細胞組織中建構了一個虛擬的空間，他只是在虛幻之中環遊世界！尋找著那個叫做幸福的地點，那個可以讓他爬回現實世界的彈孔……

可是，他越來越不相信自己！越來越不相信這三年來經歷的旅程中，那些令他屏氣凝神的壯麗山水；那些熱情熱心的芸芸眾生，那些浮生中一場場的悲歡離合，怎麼可能是虛構的？又怎麼可能會是假的？

因為，他曾經真真切切地感受到他們的歡笑與淚水！

傍晚時分，齊卜頓來到登山者號的餐車廂，在這一節移動的餐廳中享用著晚膳。餐車廂內充滿了來自世界各地的旅客，有些人看到他胸前的紙板還會打趣地說：「我知道前幾站有一個叫希望（Hope）的城鎮，倒還沒聽過有個叫幸福的站點呀！」

「幸福？這一線登山者號的終點站不是班夫嗎？老先生是不是坐過站了呀？」隔壁桌那位戴著珍珠項鍊的貴婦，也歪著頭納悶地思索著。

正當幾位乘客沖著他那張「幸福到站，叫醒我」的紙板七嘴八舌討論之際，餐車廂的燈光竟然逐漸轉暗了！

一名端著生日蛋糕的女侍者在黑暗中走了出來，蛋糕上還點了一根問號形狀的蠟燭，她的身後跟了兩名捧著香檳和酒杯的男侍者。三個人齊聲唱著英語與法語版的「生日快樂歌」，一同走向車廂中間一對年輕男女的餐桌前。

餐桌前的那位女子驚訝中帶著羞澀，側過臉望著一旁深情看著她的男伴，她輕輕吹熄了那根問號蠟燭的火焰後，也給了那位男子一個深深的吻，整節餐車廂頓時響起了一陣歡呼聲與祝賀聲。

那位男子隨即用湯匙敲了敲手中的香檳杯，搔著頭站了起來：「我想藉這個機會向我的妻子說幾句話……」他伸出了右手緊緊握住妻子的左手，含情脈脈地凝視著身旁的她。

「親愛的，對不起……這是我們結婚十多年以來，第一次有機會為妳過生日，我知道妳一定很後悔嫁給一位總是有任務在身，又時常有家歸不得的皇家騎警……感謝妳當初決定嫁給我的勇氣！感謝妳總是無怨無悔守候著我！感謝妳一個人所承受的一切一切！請原諒我這麼多年以來沒有顧慮到妳的感受，請相信我從今天開始會一直將妳放在——這裡。」

男子單腳高跪了下來，緊緊地用右拳壓在自己的心口上。

他的妻子流著眼淚將他拉進了懷中，不斷輕撫著他的髮絲。餐車廂內許多女士都拿起了餐巾紙擦拭著淚水，那一番話彷彿觸動了天下許多女性的內心深處，有時候她們所渴求的只是一句感謝、一句對不起，或者一句呵護體恤的話語，那麼一切的付出也就在所不惜了。

當齊卜頓看著那位男子將手放在心口上時，思緒彷彿被拉回許多年前的那個夜晚，琳妲將結髮放在她的掌心上，所說過的那些話——

「用你的髮纏住我的髮，從今天起我的心將交由你守護，每一圈都是你對我的承諾，每一個結也代表著我對你的痴心……就算世事多變有一天我們無法在一起了，我也會記得你曾經帶給我的快樂，將你對我的愛一直放在——這裡。」

假如，他也曾經在婚後如此向琳妲宣示過自己始終如一的初衷，至少她在有生之年感受到所有的付出是值得的、是快樂的！只是，齊卜頓除了錯過妻子每一年的生日，也曾錯過許許多多的結婚紀念日、兒子牙牙學語的第一步，甚至是齊利每一次的畢業典禮。

他在這一段漫長的旅程中會苦尋不遍幸福，全是因為過往的他——從•來•沒•有。在乎過身畔摯愛的幸福，和他們人生中那些快樂的點點滴滴！齊卜頓的雙手無力地撐著桌沿，經過三年居無定所的漂流，他終於想通了！這個尋找幸福的旅行，是對他不曾付出幸福的一種懲罰！

與此同時，侍者送來了他剛才所點的前菜與主菜，餐盤旁還躺著一張精美的卡片，上面浮貼著一朵以白色光面紙摺出的美麗花朵。他拿了起來定睛一看，竟然是一朵白色木蓮花！隨之意識到剛才送餐時，眼角不經意瞥見侍者的袖口居然是紫色的！他迅速回過頭尋找著那名侍者的身影。

他又見到那位身穿紫色燕尾服的亞洲男子，背對著他正要走出餐車廂，當他拉開車尾的玻璃門要跨進下一節車廂時，還側過臉扶了一扶紫色高帽的帽簷，彷彿在向齊卜頓告別或打招呼。他非常確定，對方就是在幸福公主號上憑空消失的紫衣魔男！

齊卜頓握著那張卡片衝到車尾，拉開了那扇玻璃車門後，環視著下一節車廂內的每一位乘客，根本沒有任何身穿紫色燕尾服的男子。他繼續穿越了最後兩節車廂，仍然沒有找到那位奇裝異服的紫衣魔男，直到拉開最後一節車廂的拉門後，眼前只有戶外昏暗的山路和蜿蜒的鐵軌。

他翻開那張浮貼著白色木蓮花的卡片，裡面只有一行短短的文字——幸福，即將到站！

洛磯山脈的夜風冷冽地灌進車門，將他的頭髮與外套吹得翻飛，他的思緒也如千頭萬緒的毛線，在黑夜的星空下毫無頭緒地飛揚著，緩緩散落在鐵道旁無語的針葉林樹梢。

齊卜頓在登山者號的終點站下了火車，抵達了那個叫班夫的站點，那是一座被冰原、冰川、松林與雪山所環繞的北國小鎮，它接壤著洛磯山脈上的四座國家森林公園，也就是大鬍鬚團長口中那匹「引路獨角獸」所出沒的森林區。

他停留在班夫的頭一個星期，雖然已是平均氣溫二十多度的盛夏，但是當地的早晚溫差仍然差距頗大。因此，並不能按照原訂的計畫，在森林中夜宿野營等待雙虹出現，他只好退而求其次，在不同的旅館與國家公園之間舟車往返。

這麼多天以來，齊卜頓早已尋訪過班夫、幽鶴、賈斯珀與庫特尼國家森林公園，並且巡禮過散落於洛磯山脈的翡翠湖、露易絲湖、鐵克谷瀑布或弓河瀑布，尋找那匹獨角獸所喜愛能映照彩虹能量的水域。

那些冰川與瀑布的水源，其實多是來自高地上冰山與冰原的雪水融化後，經過日積月累沖刷流入底下的河流湖泊，夾雜著大量的磷礦、石粉、冰漬與各類礦物質沉澱於湖底。因此，在陽光的照射之下，都會映照出一種獨特的深綠色澤，就像一顆顆躺在洛磯山脈上的祖母綠或翡翠。

其實，齊卜頓來到洛磯山脈的第三日與第七日，就曾經在班夫與賈斯珀的森林中驚見過兩次虹彩，只不過每當他搭上便車抵達虹橋的盡頭時，那道色彩瑰麗的弧線早已消失得無影無蹤。他不但無緣見到虹與霓同時現身的雙虹，更沒有遇上什麼會說人話的引路獨角獸。

在那些美麗的森林中，時而細雨紛飛、山嵐裊繞；時而烈日當空、陽光燦爛，面對著眼前變幻無窮的美景，他卻早已意興闌珊不知何去何從，心中也盤算著或許該是時候，踏上另一段未知的意外旅程。

齊卜頓精疲力盡地呆坐在幽鶴森林的巨石上，目光渙散地凝望著瀑布下長年被河水沖擊，穿石而入的天然石橋。聽說考古學家曾在這些石床壁上，發現五億三千萬年前的海洋生物化石，原來海拔甚高的洛磯山脈，在億萬年前也曾是一片汪洋？

他的腦中浮現起那些不知名的海洋生物，會發光的磷蝦、螢火魷或夜光藻，優雅的在他的腦海中浮游著，宛如在聽不見的夢幻音樂中跳著華爾滋。不過，許多瞌睡蟲也伺機混入那群美麗的夜光生物中，漸漸地將他帶入夢中的世界。

他就那樣在幽鶴森林的瀑布巨石上，抱著那片紙板沉沉地睡去。

在半夢半醒之間，他依稀聽到一種非常細微的聲音，有點像蜜蜂或蜻蜓的振翅聲；也有點像微弱的電流脈動。他悄悄睜開了一隻眼偷看，才發現有一位長著兩雙透明翅膀的長髮女孩，正好奇地飄浮在面前端倪著他。

不，那是一隻身形比芭比娃娃還要小的精靈！

小精靈發現齊卜頓睜開了雙眼，表情詫異地盯著她時，迅速地在空中飛繞了許多圈，不但發出細微的振翅聲，修長的雙腿還拖曳著如仙女棒的點點火光，一溜煙就躲進後方樹叢中一頭巨獸的毛髮裡。

齊卜頓揉了揉眼睛站了起來，小心翼翼地走向樹叢前，那頭巨獸的身影也越來越清晰——是一匹頭上長著螺旋長角的粉紅色獨角獸！那隻小精靈躲在牠蜜桃色的鬃毛裡，正睜著好奇的雙眼觀察著他。

「你是遊樂園的那一匹獨角獸嗎？」他戰戰兢兢地問，腦中還閃過被那匹獨角獸奮力一甩後，從雲端摔落到遊樂園的恐懼感。

獨角獸歪著頭一臉不解，隨之跨出了樹叢用修長的鼻子嗅了嗅齊卜頓。他這才發現這匹粉紅色的獨角獸，比旋轉木馬上的那一匹至少大上兩三倍，而且修長健美的賽馬身形，根本就不像是聚酯樹脂塑形的獨角獸。

牠嗅完後鼻孔噴了兩聲氣音：「我們沒有見過面喔？不過，我知道你在找我！」

「啊啊啊，你真的會說人話！」齊卜頓睜大了眼，驚訝地摀著雙頰：「可是，你怎麼可能知道我在找你？」

獨角獸的眼珠子往上瞟了一下：「不然，你以為我們頭上長著這麼一根螺旋角是幹什麼用的？當然是接收迷途者們的求救訊號呀！」

「你真的是引路獨角獸，可以帶我到想去的任何地方？」齊卜頓問。

牠驕傲地揚揚了蜜桃色的鬃毛，小精靈也跟著在柔軟的髮梢上拋了好幾下：「當然，我的祖先世世代代都在洛磯山脈的森林中，指引著許許多多原住民、獵人與登山客們回家！你想去哪裡？」

「幸福之地！」他舉起了手中那張破舊的紙板，大聲地喊了出來。

獨角獸引了引下顎，非常帥氣地踏了兩下馬蹄：「當然沒問題！」

「你真的知道那個叫幸福的地方在哪裡？」

牠一副不容置疑的神情，彎下了後腿優雅地甩了甩頭，示意齊卜頓登上馬背。直到確認他坐定之後，才奮力揚起了修長的前腿，旋即蹬了一下後蹄，就宛如飛躍的羚羊般一股腦兒跳出了森林，又如蜻蜓點水似地在一重重的針葉樹梢上奔馳著，最後才在瀑布的峽谷邊緣劃出一道向上揚起的弧線，衝向了萬里無雲的晴空。

獨角獸的馬蹄與長長的尾巴，在空中拖曳出兩道七色的彩虹，穿越了峰峰相連的雪山，飛過了大大小小的湖泊，掠過了沙漠綠洲、盆地河谷與高樓大廈，英姿煥發地飛馳在太平洋的海面上，與海水中翻騰的海豚或殺人鯨追逐著。

齊卜頓與小精靈抓著獨角獸蜜桃色的馬鬃，俯在牠那帶著點草莓奶昔氣味的粉紅毛皮上，那種觸感就像一張非常柔軟的毛毯，令人不自覺地想倒頭大睡。

牠回過頭語調溫柔地說著：「你知道嗎？幸福之地，其實一直都在你身邊，只要你願意張開眼睛，就能看見了⋯⋯」

那些話語猶如輕柔的催眠曲，越來越小聲，越飄越遠⋯⋯

落幕 靠站

幸福之地，其實一直都在你身邊，只要你願意張開眼睛，就能看見了……

那幾句話，在齊卜頓的睡夢中不斷地飄盪在耳際。他揉了揉臉頰不經意舉起了雙手，伸了一個很舒服的懶腰後，才驚覺自己應該還在獨角獸的背上，這樣的話不就會從雲端又摔了下去！

他睜開雙眼想要抓住那一撮蜜桃色的鬃毛時，卻發現自己根本就不在馬背上了！

而是正端坐在一個長方形的空間內，他環視著周遭才驚訝地意識到，自己又回到一列行駛中的火車上。齊卜頓仔細聆聽著列車上的廣播，觀察著車廂內的廣告，才終於確定自己是在白木蓮島的火車上！他回過頭望著車窗外的景色，更確定列車正駛進距離大隱市前一站的玫瑰丘。

——為什麼會這樣？引路獨角獸為什麼將我帶回了白木蓮島？

一位坐在對向座位的小女孩，忽然跑了過來站在齊卜頓的跟前，眼睛直勾勾地盯著紙板上的字，隨之露出非常興奮地表情問道：「老伯伯，我們真的要去幸福之地嗎？」

小女孩轉過身，衝回自己父母的身邊，手足舞蹈地喊著：「媽咪爹地！這一列火車要帶我們去幸福之地耶！」

那一瞬間，齊卜頓的雙眼越睜越大，霎時頓悟了一切。

就像獨角獸所說的，幸福之地其實一直都在他的身邊，只是他從來沒有張開過眼睛，去發現人生中那些擦身而過的幸福，去在乎白木蓮島上親朋好友們的幸福。所以，他當然看不見那個幸福的站點，原來就在自己所居住的這個城市。

他當初所自以為的迷離境界根本不存在，真正存在的是與他朝夕相處的親人們，和尋找幸福的漫長旅程中所見所聞的人事物，那些才是最真實存在的幸福！他曾經寄情於熱愛的工作上，卻從來不知道琳妲與齊利所需要的是什麼？就如同那一趟漫無目標的旅行中，他一再閉著雙眼打盹作夢，卻錯過了生命中許多擦身而過的美麗風景。

無論是下意識的忽略或逃避，那些稍縱即逝的風光永遠不會再回頭！

當列車緩緩駛離玫瑰丘的月台，朝著齊卜頓熟悉的大隱市車站徐徐前進時，他的心也跟著砰然跳動。闊別三年多，鐵道旁的木蓮樹依舊茂盛地挺立著，白色的木蓮花宛若一層輕柔的鵝毛雪披在枝枒上，為這座南太平洋的島嶼帶來一場場永不消融的雪季。

夏日的微風吹來一陣陣熱帶花卉的香氣，色彩鮮艷的蜂鳥在五顏六色的花朵間忙碌穿梭，紅腹知更與拖著長尾的熱帶鸚鵡也在枝頭上跳耀著。遙遠的海岸傳來一陣陣的汽笛聲，或許是菲亞船長的幸福公主號，又再載著一批新的遊客展開另一場歡樂的太平洋之旅。

火車在大隱市車站靠站後，列車底下的淡淡煙霧瀰漫在鐵軌上，齊卜頓踏上那座熟悉的月台，一切就和他離開時沒有多少變化，唯一不同的是迎面而來的牆面上，浮貼著幾十張、幾百張的尋人啟事，它們猶如幾百雙熱情的手掌，正隨著進站列車的氣流上上下下飛揚揮舞著，彷彿像是歡迎著他重回故鄉。

他好奇地走到那一面牆壁前，仔細端詳著每一張啟示上的文字與照片，才赫然發現那些紙頭全是同一張「尋找失蹤老人」的小海報，上面還印著他的黑白大頭照！

原來，這三年多以來，兒子從琳妲過世後對齊卜頓的冷漠、疏遠與不諒解，一直到發現他突然失蹤後的焦急、傷心與懊悔，日復一日活在自責的陰影中。齊利甚至認為父親肯定是在母親去世的打擊下，以及他當初的那些冷言冷語，而傷心欲絕遁入島上的雨林結束了自己！因此，大隱市警察廳也曾動用大批警力，在不同的雨林搜尋他這位退休老同事的蹤跡。

在那一千多個日子裡，齊利從來沒有放棄任何一絲希望、任何一通疑似父親出沒的通報電話，也在女友的協助下四處打探他的下落。

當齊卜頓表情茫然地杵在大隱市車站內，納悶地望著牆上那些飛揚的尋人啟事時，早有眼尖的民眾認出他就是小海報上的失蹤老人，還馬上打了協尋電話通報。就在他精疲力盡提著行李走出車站時，站前大道輝映著橙黃夕陽的人行道上，有著一道拉得長長的身影朝著他飛奔而去。

「老爸……老爸！」

當齊卜頓聽到那一聲聲熟悉的呼喚時，心頭如同被千萬斤重的無形巨槌敲擊著，腦中同時充滿著欣喜與罪惡感，不知道該如何面對為他擔驚受怕的齊利。

「真的是你！真的是你回來了！」齊利衝了過去緊緊地抱著齊卜頓：「你到底跑到哪裡了！這三年多來……我每天都在擔心你！每天都在責備我自己！是我錯了……是我錯了！我不該在你失去老媽後……最脆弱的時候……又再打擊你！」

齊利刷地在大街上跪了下來，握著父親手掌用額頭抵著。「請你原諒我！」

齊卜頓趕忙拉起了兒子，口中不斷地喃著：

「快起來，快起來……你沒有錯，過去全是老爸沒有為你和你媽著想！這幾年來我想通了！我終於才想通……什麼是你們真正需要的幸福！」

他拉住兒子的手用力地握著，彷彿深怕他會再次離開身邊。

「你到底是躲在哪裡？為什麼我們在島上怎麼也找不著你？」

「這……說來話長，我有好多好多的故事要告訴你，我們回家說！回家再慢慢聊！」齊卜頓拉著兒子的手要離開時，卻發現他身後還有一個嬌小的身影。

齊利隨即將那位女子拉到了身旁：「老爸，我去年結婚了，對不起……沒有等到你回來參加婚禮！她就是你的新媳婦激涓。」

激涓乖巧地喊了他一聲爸，還托起了雙臂羞怯地說：「還有這個小傢伙，是您的小孫子齊心！」

齊利將激涓懷中的那個小男嬰抱了起來，溫柔地放在父親的臂彎上。齊卜頓的雙手顫抖著，激動地貼近小男嬰的臉龐仔細端詳著：「齊心，好名字！好名字！我們家從此真的齊心齊力了！」

齊卜頓輕輕搖著小小的齊心，偷偷在心中許了一個願望——這一次，他將不會再和幸福擦身而過了，更不會錯過最心愛的親人們，那些稍縱即逝的美好回憶。

夜街上的路燈漸漸地亮了起來，人行道上三條長長的人影朝著回家的方向緩緩移動著，小男嬰不時發出如銅鈴般地笑聲，逗得齊卜頓與兒子也大笑了出來。

「對了，那一座原本在城南的鐵塔，為什麼跑到城北的山頭上了？」齊卜頓問。

齊利想了想：「那是電信公司的行動通信基地台吧？聽說許多手機用戶抱怨收訊不佳，他們才將基地台搬遷到涵蓋率比較高的城北山上。」

「大隱日報呢？還在刊登那種羶腥八卦，惟恐天下不亂的新聞嗎？」

「那間報社早就關門大吉，我們現在都讀白木蓮時報。」

「真的呀？前幾年也倒了好多家旅行社，現在還有旅行社這種行業嗎？」

「那些旅行社沒有倒閉吧？只是轉型成網路上的旅遊網了啦！」

「喔，是這樣呀？那些白木蓮花呢？」

「白木蓮花又怎麼樣？」

「開得像下過大雪似的！」

「老爸不喜歡這種夏日雪景嗎？」

「也不是，我年輕時可沒有這種異象呀！」

「我猜應該是溫室效應吧？」

「所以都是我在胡思亂想？」

「什麼？聽不懂？」

「沒什麼，我自言自語。」

——全書完

後記：生命是一種等待被破解的魔法

文／提子墨

我必須誠實招來，當尖端的呂副總編輯邀請我加入《Wake Me Up at Happyland》的小說化專案時，我曾經以手中還有兩本推理小說在進行為由，很委婉地推拒了邀稿，並且還很不識相地介紹其他作者給他。其實真相卻是我當時並沒有信心，能接下如此浩大的星加台跨國合作案！但是，我仍然偷偷上網Google了該繪本的書評與作者的資料。

我是個美術與電腦動畫出身的科班生，因此自認對一幅畫作能觸動人心，並且轉化為賞畫者腦中的話語與文字，有著一種非常敏銳的接收能力。當我仔細欣賞《Wake Me Up at Happyland》的繪本時，我發現Josef Lee對人生的態度與對幸福的詮釋，與我有許多相似之處，尤其是繪本結尾時那兩句——「在每一個微小的事物中，都有一個幸福之地等待著你（And in Every Little Thing, There's a Happyland Awaiting）」。

頓時觸及我人生經驗中，某些因際遇不順時而心情低落的時間點。

再則，我發現繪本中每一頁的插畫都是不同的國家與城市，要將之改編成小說絕對需要豐富的旅遊常識！而那些景點有三分之二我曾經旅遊過，甚至還為它們寫過許多旅遊專欄文字，並且集結成一本心靈療癒的旅遊書《追著太陽跑》。我反覆思索著，這麼一本充滿旅遊行腳、心靈療癒、神話傳說、奇幻色彩，又有些許推理元素的改編任務，捨我其誰？

在另一位編輯朋友的鼓勵下，我又和呂副總編輯聯絡上，並且確認會接下該繪本改編小說的合作案！神奇的天意接踵而至，就在我規劃齊卜頓尋找幸福的旅程動線，挑選著繪本中適合文字化的場景，也隨手翻閱著日常紀錄寫作靈感的筆記本時，竟然非常順利地就將過往累積下來的許多發想，一一套入繪本場景中加骨添肉成為一篇篇的章節，甚至自認完全沒有違和感！

無論是年輕時的荷琳妲以吉他和弦傳情的愛情密碼，羅患喉癌被割去美麗的喉嚨，直至每一座城市中所遇上的奇幻夢境、詭異事件或淡淡地日常小謎團，全是這幾年累積下來的一些靈感。它們彷彿躺在我的筆記本中等待著某個喜歡的題材，隨之才傾巢而出如公式般被代入這本小說中。

我也因此能在短時間內完成近萬字的故事大綱，並且很快就將故事梗概切割為十多個章節！在撰寫《幸福到站，叫醒我》期間，它讓我又重回當年每個星期為紐約《世界周刊》寫常態感情專欄時的愉悅感，那種能將在國外的所見所聞信手拈來的順暢感，的確是寫燒腦推理小說時所沒有的快感！

在此，除了要感謝尖端給我這個完全不同的寫作經驗，也要謝謝《Wake Me Up at Happyland》的原作繪本藝術家 Josef Lee，放手讓我天馬行空改編他這一本國際知名的繪本作品。最讓我覺得奇妙的是，我透過繪本中的插畫啟發出小說的靈感，而他又從小說情節中繪製了更多禎美麗的新畫作！兩位尚未謀面的創作者，竟然透過畫面與文字撞擊出全新的火花，讓我不禁深感——信是有緣！

原著繪者後記

還記得尖端的呂副總編輯第一次通過FB與我接洽時是二〇一七年一月底，我正在為出版《Wake Me Up at Happyland》繪本辦募資。受到突如其來的繪本授權小說化詢問時，我一開始是驚訝（無論怎麼想都不懂這麼短的一個故事到底要如何改編成一本長篇小說），接著變成驚嚇。畢竟之前有聽說過很多小說改編成電影的「恐怖故事」，得知許多小說經過改編後，最後出爐的電影好像變成是另一個完全不同的作品。對我這麼新的一個繪本作家而言，面對著尖端這種大出版社再加上一個得獎的小說家時，把故事交了出去也就等於任由故事被宰割。當時想像的幾乎都是些不好的可能性，就回覆呂副總編不如在募資成功達標後再談，想說他可能也只是隨口問問罷了。

沒料到兩個星期後，募資意外的提早達標，而呂副總編也第一時間電郵來道賀，也再一次的問起有關授權小說的合作。真的非常有誠意！

收到電郵的我恰好正和太太在埃及旅遊，每天都長途跋涉從一個景點到另一個景點，還要飽受溫度在日夜的極端變化。旅途中不時發生許多意想不到的驚險事件，再加上文化衝擊，讓我們一直處於不安的狀態，但也多了許多新鮮感。旅途中的經歷也因此讓我聯想起了Happyland故事裡所要傳達的一個訊息——「幸福不是一個終點，而是一個旅程。」而只有不斷的嘗試和體驗人生，我們才能活得更精彩。畢竟當初創作Happyland時，我也是給自己下了一個新挑戰，想嘗試畫一本無字繪本。而最後得到的收穫也遠遠超出我所能想像到的。既然都開了個頭，那不如繼續勇敢下去挑戰更多未曾嘗試過的體驗。就這樣，我答應了呂副總編的誠意邀請，一起合作把繪本改編成小說。

很快的，在幾個月後，呂副總編就把小說家提子墨寫的八千個字大綱傳了給我。雖說是大綱，但整個故事的架構、方向，重要人物和故事情節的描述都已很明確。讀了大綱後我才立刻了解到提子墨真是改編這故事的最佳人選！結合了寫旅遊和推理小說的豐富經驗，他把一個沉睡老人的無聊旅程附上了新生命，改編成一個精彩感人的探索夢幻之旅。我腦中也立即浮現出許多小說中的人物情景，並與呂副總編商討該如何將這些概念以新的插圖結合在小說當中。

這樣的一種合作方式對我來說是個全新的嘗試，但過程卻非常愉快。提子墨從我的繪本插畫中受到了感動，寫出了長篇小說，帶出他所看到的幸福。而我又從他的故事中再次被感動，而畫出了小說里人事物的幸福。雖然在這一趟旅程中，我們都在世界兩個不同的地方起程，但通往的卻是同一個幸福站。也難怪我們一路上看見的美景和遇到的人都是相同的。

希望大家也能陪著我們搭上這般列車，一起看看我們所看到的幸福。

Josef

嬉文化

幸福到站，叫醒我

作者／提子墨　原作、繪者／JOSEF LEE
榮譽發行人／黃鎮隆
執行長／陳君平
協理／洪琇菁　國際版權／黃令歡、梁名儀
執行編輯／呂尚燁　美術編輯／方品舒
企劃宣傳／楊玉如、洪國瑋、施語宸
發行／英屬蓋曼群島商家庭傳媒股份有限公司城邦分公司　尖端出版
台北市中山區民生東路二段一四一號十樓
電話：（〇二）二五〇〇—七六〇〇（代表號）
傳真：（〇二）二五〇〇—一九七九
中彰投以北經銷（含宜花東）／楨彥有限公司
電話：（〇二）八九一九—三三六九
傳真：（〇二）八九一四—五五二四
雲嘉經銷／威信圖書有限公司　嘉義公司
電話：（〇五）二三三—三八五二
傳真：（〇五）二三三—三八六三
南部經銷／威信圖書有限公司　高雄公司
電話：（〇七）三七三—〇〇七九
傳真：（〇七）三七三—〇〇八七
香港總經銷／城邦（香港）出版集團有限公司
香港灣仔駱克道193號東超商業中心1樓
電話：（八五二）二五〇八—六二三一
傳真：（八五二）二五七八—九三三七
E-mail：hkcite@biznetvigator.com
馬新經銷／城邦（馬新）出版集團　Cite(M)Sdn.Bhd.
E-mail：Cite@cite.com.my
法律顧問／王子文律師　元禾法律事務所
台北市羅斯福路三段三十七號十五樓
二〇二二年六月二版一刷

■中文版■

郵購注意事項：
1. 填妥劃撥單資料：帳號：50003021戶名：英屬蓋曼群島商家庭傳媒(股)公司城邦分公司。2. 通信欄內註明訂購書名與冊數。3. 劃撥金額低於500元，請加附掛號郵資50元。如劃撥日起 10～14日，仍未收到書時，請洽劃撥組。劃撥專線TEL：(03) 312-4212 ・ FAX：(03) 322-4621。E-mail：marketing@spp.com.tw

國家圖書館出版品預行編目資料

幸福到站，叫醒我
／提子墨作. -- 二版
--臺北市：尖端出版，2022.06 面；公分.--
(嬉文化)

ISBN：978-626-316-908-1(平裝)

863.57 111006001